dtv

Ein seit zwanzig Jahren in seinem Schloß vergrabener Marquis versucht mit Hilfe eines Briefes in die Gegenwart zurückzukehren – ein großes poetisches Unternehmen, überaus komisch und geschrieben in einer Sprache von seltener Schönheit. Dafür wird ein zahlreiches und ungewöhnliches Personal bemüht: ein hinkender Diener und Briefträger, ein grünes Froschpärchen, ein Graf und seine Mätressen sowie ein Majordomus mit rüden Umgangsformen … Selten ist in der Literatur das große Thema des einzelnen Menschen in einer lärmend erstarrten Welt so bewegend und unterhaltend behandelt worden wie in diesem Roman, der bei seinem Erscheinen in der Zeitung ›El Pais‹ als »ein unvergeßliches literarisches Ereignis« gefeiert wurde.

Javier Tomeo, geboren am 9. September 1932 in Quicena (Aragon), lebt als freier Schriftsteller in Barcelona und ist einer der meistübersetzten Autoren der spanischen Gegenwartsliteratur. Die Veröffentlichung von ›Der Marquis schreibt einen unerhörten Brief‹ (1979) in der Tageszeitung ›El Pais‹ machte Furore und eröffnete dem bis dahin fast Unbekannten eine literarische Karriere. Auf deutsch liegt von Tomeo u.a. vor: ›Der Löwenjäger‹ (1988), ›Das Verbrechen im Orientkino‹ (1996).

Javier Tomeo

Der Marquis schreibt einen unerhörten Brief

Aus dem Spanischen von Elke Wehr

Deutscher Taschenbuch Verlag

Von Javier Tomeo
ist im Deutschen Taschenbuch Verlag erschienen:
Der Löwenjäger (12266)

Ungekürzte Ausgabe
Februar 1998
Deutscher Taschenbuch Verlag GmbH & Co. KG,
München

Umschlagkonzept: Balk & Brumshagen
Umschlagbild: ›Ritratto di Marinetti‹ (1910/11)
von Carlo Carrà
(© VG Bild-Kunst, Bonn 1997)
Gesetzt aus der Sabon 10/13˙
Gesamtherstellung: C. H. Beck'sche Buchdruckerei,
Nördlingen
Gedruckt auf säurefreiem, chlorfrei gebleichtem Papier
Printed in Germany · ISBN 3-423-12416-4

Seien Sie unbesorgt, Bautista, und hören Sie auf zu zittern – sagte mir an jenem Morgen der Herr Marquis. Was ich Ihnen auftragen werde, ist einfach. Ich gehöre nicht zu denen, die Unmögliches verlangen. Sehen Sie diesen Brief hier. Dem Anschein nach ein Brief wie jeder andere. Für mich ist er jedoch von großer Wichtigkeit. Sie müssen ihn dem Herrn Grafen persönlich übergeben. Ich meine natürlich den Grafen von X, Don Demetrio López del Costillar. Sie werden des öfteren von ihm gehört haben. Sein Schloß liegt auf der anderen Seite des Tales. Sie können zwischen zwei Wegen wählen, um dorthin zu gelangen. Einer von ihnen durchquert das Ulmenwäldchen und biegt in Höhe der Mühle zum Dorf ab. Der andere führt geradeaus weiter, überquert den Fluß auf der steinernen Brücke und schlängelt sich den Hügel hinauf. Dieser ist der kürzere, doch ziehe ich es vor, daß Sie den anderen nehmen. Sie nehmen also den anderen. Lassen Sie sich aber nicht von Ihren alten Kumpanen aufhalten, wenn Sie ins Dorf kommen. Und schicken Sie alle Klatschmäuler zum Teufel, die Ihnen begegnen. Gehen Sie entschlossen die Hauptstraße entlang, und nachdem Sie am Wohnsitz der Baronin von O.

vorbeigegangen sind, biegen Sie in die erste Querstraße rechter Hand ein. Sie kennen den Palast der Baronin bereits: ein gewaltiges Steinhaus mit einem riesigen Wetterdach. Ich habe Sie vor kaum einem Monat dorthin geschickt, damit Sie sich nach dem Wohl meiner vortrefflichen Freundin nach ihrem letzten Abort erkundigen. Sie lassen also den Palast der Baronin hinter sich und gehen weiter, bis Sie zu dem steinernen Kreuz gelangen, das eine Wegkreuzung beschützt. Setzen Sie sich an den Fuß des Kreuzes, und wenden Sie sich nach Osten. Denken Sie daran, daß der Osten eben jener Ort ist, wo, zumindest bis zum heutigen Morgen, die Sonne aufgeht. Drehen Sie sich also ja nicht zur anderen Seite. Schärfen Sie Ihren Blick, und Sie werden genau gegenüber, am Abhang eines der Hügel, die das Tal an seiner östlichen Seite umschließen, das Schloß des Herrn Grafen erkennen können. Das wird nicht weiter schwer sein, denn es ist das einzige in dieser Gegend. Sie können es auch an der großen grünen Fahne erkennen, die stets am Hauptturm flattert. Schöpfen Sie sodann einen Moment Atem, und machen Sie sich wieder auf den Weg. Wenn Sie kräftig ausschreiten, werden Sie nicht mehr als eine Stunde benötigen, um an die erste Festungsmauer zu gelangen. Passieren Sie das äußere Tor, und folgen Sie dann dem gepflasterten Weg, der im Zickzackkurs durch den Garten führt. In wenigen Minuten werden Sie das Haupttor erreichen. Ein beeindruckendes Tor, ich sage es Ihnen schon jetzt. Ich erinnere mich, daß es mit Riegeln beschlagen ist und in mächtigen Angeln hängt. Zu meiner Zeit flößte es allen Besuchern ein unbestimmtes Gefühl des Schrekkens ein. Setzen Sie sich über alle Ängste hinweg, und halten Sie sich an den Türklopfer. Klopfen Sie energisch, aber nicht dreist, und es wird nicht viel Zeit vergehen, bis man auf das Klopfen herbeigelaufen kommt. Ich weiß nicht, ob der Herr Graf während all dieser Zeit den Majordomus gewechselt hat. Vor zwanzig Jahren konnte er sich rühmen, über den finstersten Diener der ganzen Gegend zu verfügen. Ein Kerl mit unverschämtem Mundwerk und schleichendem Gang, der stets im Flüsterton sprach. Dieser Mann wird zu jener Zeit etwa sechzig Jahre alt gewesen sein, das bedeutet, daß er heute, wenn er noch lebt, um die achtzig sein müßte. Zu alt, um noch weiter im aktiven Dienst zu sein. Nun gut, der Diener mag sein, wer er will, sicher ist, daß man Ihnen das Tor geöffnet hat. Sie befinden sich bereits unter dem gotischen Gewölbe der Vorhalle. Nennen Sie den Namen des Herrn Grafen und warten Sie. Ein anderer Diener wird Sie sodann durch dunkle, komplizierte Gänge zum Kabinett von Don Demetrio führen. Ich sage Ihnen schon jetzt, daß der Weg lang sein wird. Sie werden Salons durchqueren, etliche Treppen hinabsteigen, andere wieder hinaufsteigen, sich erst nach rechts, dann nach links wenden und etwa nach einer halben Stunde Fußmarsch ein kleines, von einigen Öllampen erhelltes Zimmer betreten, dessen Wände mit schönen chinesischen Paneelen verkleidet sind. Sie werden den Raum durch eine schmale Tür verlassen, die hinter einem Vorhang verborgen ist, durch weitere Korridore gehen, sich erneut bald nach rechts, bald nach links wenden und dabei womöglich zu begreifen beginnen, daß es niemals einfach ist, zu der Person zu gelangen, die wir suchen. Die Herzen derer, die wir brauchen, befinden sich stets im Zentrum eines Labyrinths. Auf Ihrem Weg werden Sie jedenfalls wunderschöne Gegenstände zu Gesicht bekommen: heraldischen Waffenschmuck, dunkle Gobelins, bezaubernde Skulpturen, herrliche Gemälde. Schließlich wird der Diener eine gewaltige Tür aus Mahagoniholz aufstoßen und Sie auffordern einzutreten. Sie befinden sich nun in einem riesigen Salon mit einer sehr hohen Decke. Durch die mehrfarbigen Scheiben der hohen, schmalen Fenster dringen schwache Sonnenstrahlen. Der Herr Graf liegt ausgestreckt auf einem Kanapee. Er hebt einen Arm und bewegt schwach die Finger, zum Zeichen näherzutreten. Sie gehorchen, überreichen ihm den Brief und bitten ihn, er möge ihn in Ihrer Gegenwart lesen. Formulieren Sie diesen Wunsch mit der gebotenen Demut, und erwähnen Sie dabei, wie sehr mir daran gelegen ist, daß die Dinge sich in dieser Weise abspielen. Haben Sie dieses Ansinnen ausgesprochen – gegen das gewiß keine Einwände erhoben werden –, halten Sie den Atem an und warten Sie. Legen Sie Geduld an den Tag. Ich habe gehört, daß die Augen des Herrn Grafen in den letzten Jahren recht schwach geworden sind. Es kann also sein, daß er mehr als zwei Stunden benötigt, um die zwei handgeschriebenen Briefbögen zu lesen, die ich ihm sende. Obendrein ist er ein mißtrauischer Mensch und wird den Brief drei- oder viermal lesen, bestrebt, irgendeine verborgene Schmähung, irgendeine geheime Verleumdung darin zu entdecken. Während er also das Schreiben wieder und wieder liest, beschränken Sie sich darauf, unbewegt in der Nähe des Kanapees zu warten, den Blick auf den Boden geheftet. Ihre Haltung muß mehr als respektvoll, sie muß entschieden demütig sein. Zeigen Sie keinerlei Interesse an der Zimmereinrichtung. Sie werden sich – ich sage Ihnen das, damit Sie keine Überraschung erleben – in einem Raum befinden, der mit Möbelstücken vollgestopft ist, eines wunderlicher als das andere, mit herrlichen Wandbehängen an den Wänden, dazu einer Uhr von gewaltigen Ausmaßen, aus der im frivolsten Augenblick die Glockenschläge des Jüngsten Gerichts hervortönen können. All dies natürlich in der Annahme, daß der Herr Graf in dieser ganzen Zeit nicht den Entschluß gefaßt hat, die Ausstattung seines Sanctums zu verändern. Wie dem auch sei, Sie müssen beständig auf der Hut sein, trotz Ihrer scheinbaren Versunkenheit. Lassen Sie nicht einen Augenblick in Ihrer Aufmerksamkeit nach. Sie müssen wissen, daß Don Demetrio eine Vorliebe dafür hat, die Leute mit völlig unerwarteten Fragen aus der Fassung zu bringen. Vielleicht wird er, kaum daß er mit der Lektüre des

Briefes begonnen hat – der ihn bereits zu interessieren scheint –, den Blick von den Briefbögen heben und zu wissen verlangen, was Sie von der Landverteilung halten. Vor Jahren pflegte er unter ähnlichen Umständen derlei Fragen zu stellen. Sollte dieser kritische Augenblick eintreten, müssen Sie sich gegen jeden Gesetzesentwurf in diesem Sinne aussprechen. Das heißt, Sie müssen reagieren, als wären auch Sie ein Großgrundbesitzer und als gehörte Ihnen das Land, das zur Verteilung ansteht. Bedenken Sie, daß der Herr Graf, gewahrt er bei Ihnen nicht eine uneingeschränkte Befürwortung des Latifundienwesens, den Brief in hundert Stücke reißen und Sie hinauswerfen wird. Eine solche Reaktion wäre gewissermaßen logisch. Seine Gedankengänge wären mehr oder minder folgende: »Was geht mich an, was ein Herr mir schreibt, dessen Lakai – abgesehen davon, daß er hinkt – nicht die richtige innere Einstellung in einer Frage zu haben scheint, die uns Grundbesitzer so sehr betrifft?« Passen Sie also gut auf, Bautista. Denken Sie immer daran, daß der Herr Graf ein Mensch mit sonderbaren Reaktionen ist. Und mit sonderbaren Neigungen. So interessierten ihn zum Beispiel in seiner Jugendzeit ausschließlich – wohlgemerkt, ich sage ausschließlich – Frauen mit großem Gebärapparat. Mächtige Matronen, imstande, den strammsten Mann mit einem Handschlag zu erledigen. Keiner seiner Saufkumpane hat je erlebt, daß er eine Frau angeschaut hätte, die weniger als sieben Arrobas wog. Alle seine Geliebten schliefen in verstärkten Betten. Ach ja! Noch heute muß ich staunen, wenn ich an jene seltsame Besessenheit von ihm denke! Denn, sagen Sie mir, Bautista: Welch feinsinnige Zärtlichkeit oder welch närrische Begierde nach kosmischen Liebesgenüssen mochten wohl eine derartige Schwäche bei einem Mann rechtfertigen, der zu jener Zeit wenig mehr als vierzig Kilo wog? Don Demetrio hatte noch viele andere Manien. Zum Beispiel seine Obsession für die ungeraden Zahlen. Oder seine Vorliebe für die Farbe Grün, in all ihren Schattierungen. »Es gibt keine angenehmere Farbe für das Auge«, seufzte er, indes er einen Salatkopf betrachtete. Gewiß, ich weiß sehr wohl, daß Grün die Farbe der Jugend ist und daß der Herr Graf zu jener Zeit noch nicht einmal das dreißigste Jahr vollendet hatte. Doch glaube ich nicht, daß seine grenzenlose Vorliebe für diese Farbe nur eine Frage des Alters war. Sie wissen ja, es gibt Neigungen, die uns bis zum Grab begleiten. Ich bin sicher, daß Don Demetrio seine chromatischen Vorlieben unverändert bewahrt hat. Und ist da nicht jene smaragdgrüne Fahne, die Tag und Nacht am höchsten Punkt seines Schlosses flattert? Kurz und gut, Bautista, Sie müssen sich grün kleiden, um den Brief zu überbringen. Grüne Beinkleider und grünes Wams. Grüne Strümpfe und grüne Schuhe. Wir verlieren nichts dabei. Ich werde Ihnen sogar sagen, daß er sich weigern könnte, das Schreiben zu lesen, würden Sie in einer anderen Farbe bei ihm erscheinen. Eine falsche Farbe kann alle unsere Voraussagen zunichte machen. Sie werden sich fragen, weshalb der Herr Graf die Farbe Grün vorzieht und nicht Rot, Blau oder Gelb? Das ist schwer zu sagen, mein Freund. Denken Sie daran, daß man niemals über Farben noch über Geschmäcker streiten soll. Zumindest raten das die Scholastiker. Ich habe mich damit begnügt, eine Tatsache zu schildern und Ihnen nahezulegen, was Sie am besten tun können. Im Grunde habe ich nichts weiter getan, als die großen Linien Ihres Verhaltens zu entwerfen in einer Mission, die von größter Wichtigkeit für mich ist. Zudem gehe ich mit gutem Beispiel voran. Sehen Sie sich den Umschlag und das Papier des Briefes an. Sie sind ebenfalls grün. Ich mußte bei einem halben Dutzend Lieferanten nachfragen, bis ich es gefunden hatte. Weshalb aber jetzt mein Vergnügen daran, einen auf grünem Papier geschriebenen Brief an einen Mann zu schicken, der in dieser Farbe die Quelle höchster Wonnen zu finden scheint? Ich sage es Ihnen noch einmal, Bautista: Über Geschmack läßt sich nicht streiten. Niemand wagte, Nero ob seiner Neigung zu kritisieren, die grausamsten Gladiatorenkämpfe durch einen Smaragd hindurch zu betrachten. Ich bin sicher, daß dieser Imperator hinter dieser Gewohnheit mehr als nur Kurzsichtigkeit verbarg; vielleicht die Notwendigkeit, sich eine lieblichere Welt vor Augen zu halten, ohne gezwungen zu sein, diese Schwäche zu bekennen oder auf den Anblick des Blutes zu verzichten. Gehen Sie also grün gekleidet zum Schloß von

Don Demetrio, Bautista. Wir wollen nicht weiter darüber nachdenken. Und stecken Sie sich außerdem ein Paar Frösche in die Tasche. Grüne Frösche, natürlich. Stellen Sie sich die Szene vor. Der Herr Graf hat Sie ohne übermäßige Begeisterung empfangen. Er beginnt, den Brief zu lesen und stößt dabei auf gewisse Schwierigkeiten, zu denen ich Ihnen später noch etwas sagen werde. Sein Augenlicht ist zudem schwächer als gewöhnlich. Er ist gereizt. Er macht eine Pause, hebt den Blick von den Briefbögen, und dieser fällt unverhofft auf die beiden hübschen Frösche, die Sie, in weiser Voraussicht, einen Augenblick zuvor freigelassen haben. Auf der Stelle fühlt er sich gestärkt. Sie erklären ihm alsdann, daß Sie die Frösche auf meine Anweisung hin mitgenommen haben, und diese Geste wird ihn endgültig zu unseren Gunsten stimmen. »Wollen wir doch einmal sehen, was Ihr liebenswerter Herr mir noch zu sagen hat«, seufzt er, indes er die Lektüre wieder aufnimmt. Fangen Sie also ein Froschpärchen, Bautista. Was ich Ihnen da sage, ist nicht mehr bloß ein Vorschlag, sondern ein Befehl. Im Teich werden Sie alle gewünschten finden. Wählen Sie die anmutigsten aus. Sie sollen nicht zu klein, aber auch nicht allzu groß sein. Und mit Feingefühl quaken. Verwahren Sie sie in der Tasche, und lassen Sie sie erst frei, wenn der Herr Graf, in die Lektüre versunken und womöglich im Begriff, aufzugeben, die Briefbögen zwei Fingerbreit vor die Nase hält. Sie fragen mich, weshalb ich gesagt habe ›im Begriff, aufzugeben‹? Ich habe Gründe, dies zu vermuten, Bautista. Viele Gründe. Sie wissen zum Beispiel, daß meine Handschrift schlecht ist. Schreiben hat mich stets ermüdet. Mir fehlt die Ausdauer, den Schriftzug selbst der einfachsten Buchstaben richtig zu vollenden. Den Griff der Feder zu halten ist eine Aufgabe, die meine Kräfte übersteigt. Bevor ich mich vor ein weißes Blatt Papier setzte, mußte ich daher stets alle Geisteskräfte anspannen, sollten mir meine Briefe nicht zum Kauderwelsch geraten. In diesem Schreiben aber, Bautista, habe ich versucht, noch komplizierter zu sein. Ich habe besonders schlecht geschrieben, mit Vorbedacht und Hinterlist. Weshalb? Ganz einfach: ich sagte mir, als ich zu schreiben begann, daß es keinen Grund gäbe, dem Herrn Grafen das Vergnügen zu bereiten, meinen Brief ohne eine zusätzliche Anstrengung zu lesen. Zumindest war dies der Hauptgrund, weshalb ich meine Schrift noch unleserlicher machte. So habe ich zum Beispiel alle kopulativen Konjunktionen wie und, oder, auch nicht, einfach vergessen. Und die Umlaute haben nur noch einen Punkt statt der gewöhnlichen zwei und sind daher zum i geschrumpft. Schlimmer noch: der i-Punkt sitzt jedes Mal über dem unmittelbar folgenden oder vorangehenden Buchstaben. Und als wäre all dies noch nicht genug, lasse ich auch nicht den winzigsten Zwischenraum zwischen den Wörtern. Tatsächlich ist mein ganzer Brief ein einziges, unendlich langes Wort, das nichts bedeutet. Erscheint Ihnen das nicht genial, mein Freund? Auf!

Sagen Sie etwas! Glauben Sie, daß der Herr Graf, so groß sein guter Wille auch sein mag, den Brief beim ersten Versuch wird lesen können? Selbstverständlich nicht. Um eine einzige Seite zu lesen, wird er mindestens ein paar Stunden benötigen. Es besteht sogar die Möglichkeit, daß er noch vor dem Ende die Geduld verliert. Und was geschieht, wenn er die Geduld verliert? Sie werden sich einigen Gefahren aussetzen, Bautista, ich will es Ihnen nicht verhehlen. Schließlich sind Sie es, der den Brief überbringt, und Don Demetrio ist ein jähzorniger Mensch. Außer sich, wird er Sie vielleicht mit seiner siebenschwänzigen Peitsche ins Gesicht schlagen. Oder aber er zieht es vor, Sie seinen Lakaien zu übergeben – wer weiß wie handfeste Kerle –, damit sie nach Herzenslust zulangen und Ihnen eine Tracht Prügel verabreichen. Jede dieser beiden Alternativen ist schlecht. Sie sehen also, wie wichtig es sein wird, die Frösche im passenden Moment freizulassen. Nicht vorher, nicht nachher, sondern im richtigen Augenblick. Genau dann, wenn Sie sehen, daß dem Herrn Grafen die Zornesröte ins Gesicht zu steigen beginnt. Wenn der arme Mann kurz vorm Explodieren ist, soll er sie auf einmal entdecken, wie sie anmutig auf dem Teppich umherhüpfen, grün auf grün. Vielleicht vergißt er dann seinen Verdruß und söhnt sich zu guter Letzt mit allen Hieroglyphen der Welt aus. Denn Sie müssen wissen, Bautista, daß die Frösche – vor allem die grünen – obendrein Tiere mit langen, unglaublichen Traditionen sind. Gelegentlich treten sie dem Helden in den Weg und vertrauen ihm wundersame Geheimnisse an, die ein Königreich wert sind. Und wenn Don Demetrio nun glauben würde, daß diese Frösche auch für ihn ein Geheimnis haben, nämlich das Geheimnis, ihm seine verlorene Jugend zurückzubringen? Was gäbe ein Greis nicht darum, wenn er seine Jugend wiedergewönne? Wie kann man über einen unverständlichen Brief erzürnt sein, wenn man weiß, daß man von einem Augenblick zum anderen wieder der sein wird, der man einmal war? Es gibt indes einen Umstand, unter dem Sie die Frösche auf gar keinen Fall freilassen dürfen. Und Sie, der Sie alles wissen wollen, werden sich fragen: Was ist dies für ein Umstand? Sehr einfach, lieber Bautista: Sie dürfen sie nicht freilassen, wenn der Herr Graf Sie im Beisein seiner Gattin, Doña Beatriz, empfangen hat. Oder wenn Doña Beatriz das Zimmer betritt, während Don Demetrio gerade versucht, den Brief zu lesen. Kurzum: Sie dürfen die Frösche nicht in Anwesenheit der Frau Gräfin freilassen, weil diese edle Dame sie nicht ertragen kann. Sie konnte sie schon nicht ertragen, als sie noch ein kleines Mädchen war, und ich glaube nicht, daß sie sich seither geändert hat. Was ist der Grund? Das ist schwer zu sagen, irgendein seltsamer freudscher Komplex. Sicher ist jedenfalls, daß diese Frau zu Tode erschrecken wird, sollte sie die Frösche auf einmal zu ihren Füßen erblicken. Und der Herr Graf liebt seine voluminöse Gattin trotz allem doch zu sehr, um zuzulassen, daß irgend jemand sie ungestraft ängstigt. Gehen Sie also vorsichtig zu Werke und behalten Sie unsere kleinen Tierchen in der Tasche, wenn Don Demetrio Sie in Gesellschaft seiner Gefährtin empfängt. Lassen Sie sie nicht frei, auch wenn er die Fäuste ballt und meine Handschrift verflucht oder die Amphibien, ihres Gefängnisses überdrüssig, Sie in den Allerwertesten zu beißen beginnen. Ich gebe Ihnen diesen Rat, weil traditionelle Wut immer besser zu ertragen ist als metaphysischer Zorn, von dem sogar Ihr Seelenheil abhängen kann. Wenn also der Herr Graf, durch den Anblick der Frösche nicht gestärkt, beschließt, sein Mütchen an Ihrem armen Körper zu kühlen, rühren Sie keinen Finger, um sich zu schützen. Empfangen Sie die Schläge mit Demut, ohne Klage. Dieser Trottel soll wissen – denn letzten Endes ist der Herr Graf nichts als ein Trottel –, wie weit die Standhaftigkeit meiner Dienstboten geht. Mehr noch: Sie sollten auf die Peitschen- oder Fausthiebe mit einem leichten Lächeln antworten, einem kaum angedeuteten Lächeln. Ich meine natürlich nicht jenes hochmütige, zwanghafte Grinsen, mit dem manche Todeskandidaten beim Besteigen des Schafotts ihren Henker beleidigen. Ebensowenig denke ich an die unzüchtig verzerrten Gesichter derer, für die der Schmerz höchster Ausdruck der Lust ist. Ihr Lächeln muß vielmehr Geistigkeit ausstrahlen. Es muß sich gewissermaßen zwischen Heiterkeit und seligem Vertrauen bewegen. Lassen Sie beim Knallen der Peitsche auf Ihrem Gesicht den Ausdruck derer glänzen, die ihre ganze Hoffnung auf Gerechtigkeit in die andere Welt setzen. Da ist noch etwas, und verzeihen Sie mir, wenn ich mich über diesen Punkt so verbreite: Ideal wäre es, wenn Sie, falls der Moment der Prügel kommt, vor dem Herrn Grafen auf die Knie fielen und ihm leutselig den Rücken darböten. Denken Sie daran, daß letztlich mein persönliches Ansehen auf dem Spiel steht. Sie müssen mich also mit der allergrößten Würde vertreten. Ich weiß ja, daß es traurig ist, immer für einen anderen den Diener zu spielen, doch so sind die Dinge nun einmal. Diener haben treu, ungestalt und grausam zu sein, wie man sagt. Ungestalt und grausam – zu Ihren Untergebenen und Gleichgestellten – sind Sie ja schon, seien Sie mir also auch treu in dem, worum ich Sie jetzt bitte. Aber was ist, Bautista? Sie zittern? Fürchten Sie sich? Wollen Sie zulassen, daß die Gefahr, einige Peitschenhiebe zu erhalten – eine letztendlich recht unwahrscheinliche Möglichkeit –, Sie des Vergnügens beraubt, zu wissen, daß Sie mir einen unschätzbaren Dienst erweisen? O nein, mein armer Freund! Ängstigen Sie sich nicht vorzeitig! Vor der Zeit leiden heißt doppelt leiden! Die Peitschenhiebe sind ja nicht sicher. Es könnte ebensogut geschehen, daß der Herr Graf weniger heftig reagiert. Wer weiß? Vielleicht hebt er sich die Peitsche für eine andere Gelegenheit auf und versucht nur, Ihnen den Inhalt des Briefes zu entlocken. Womöglich denkt er, daß ich so naiv und unvorsichtig bin, meine Geheimnisse und intime Korrespondenz der Dienerschaft anzuvertrauen. Wenn er Ihnen also irgendeine Frage in diesem Sinne stellt, müssen Sie von Anfang an sehr deutlich zu erkennen geben, daß Ihre Unkenntnis total ist. Leugnen Sie so oft wie nötig, und verharren Sie in dieser Haltung, bis er begreift, daß Sie tatsächlich rein gar nichts wissen. Schwören Sie es, wenn nötig, bei der Gesundheit Ihrer Kinder. Verdrehen Sie die Augen. Fallen Sie auf die Knie, und heben Sie die Arme zum Kreuz. Machen Sie, was Sie wollen, aber bringen Sie Don Demetrio dazu, Ihre Unkenntnis zu akzeptieren. Beeilen Sie sich sodann aber nicht, hurra zu schreien, denn es können noch andere Gefahren auftauchen. Es könnte zum Beispiel geschehen, daß der Herr Graf, verzweifelt darüber, daß er Ihnen nichts aus der Nase ziehen konnte, Sie zwingt, den Brief aufzuessen. Sollte dieser kritische Augenblick eintreten, dürfen Sie ebenfalls keinen Widerstand leisten. Halten Sie sich vor Augen, daß der Brief auf Reispapier geschrieben ist und daß von allen Eventualitäten diese spezielle noch die verdaulichste ist. Verlieren Sie also nicht den Anstand. Trösten Sie sich mit dem Gedanken an das Silberfischchen, jenes winzig kleine papierfressende Insekt mit zylindrischem Körper und silbernen Schuppen. Schließlich und endlich sind Sie wenig mehr als ein Insekt, Bautista, ich sage Ihnen das nicht in der Absicht, Sie zu kränken. Beweisen Sie also Stärke – nicht, indem Sie sich gegen Ihr Schicksal auflehnen, sondern indem Sie sich in Ihre Lage schicken –, und nehmen

Sie standhaft alles hin, was über Sie hereinbrechen mag. Kauen Sie die Briefbögen mit geschlossenem Mund, ohne Faxen, so als würden Sie eine Brezel essen. Der Adamsapfel soll beim Hinunterschlucken nicht übermäßig auf und ab hüpfen. Ihr Gesicht darf nicht die geringste Gemütsbewegung erkennen lassen. Tun Sie es jenen bewundernswerten englischen Butlern gleich, die in den peinlichsten Situationen nicht einmal die Miene verziehen. »Noch etwas, Herr Graf?« fragen Sie ihn sodann, wenn Ihnen keine Papierfaser mehr im Munde bleibt. Wenn Don Demetrio mit nein antwortet, sollten Sie sich verbeugen, wobei Ihr Körper einen Winkel von fünfundvierzig Grad zu bilden hat, und sich schweigend zurückziehen. Befiehlt er Ihnen jedoch, auf Ihrem Platz zu bleiben, müssen Sie unbeweglich stehenbleiben. In der gleichen Haltung, die Sie angenommen hatten, als der Herr Graf, ohne zu ahnen, was ihm bevorstand, den Umschlag aufriß und den Brief zu lesen begann. Ergreifen Sie keinerlei Initiative. Lassen Sie ihn entscheiden, wann Sie sich entfernen sollen. Verwandeln Sie sich in eine Salzsäule. Halten Sie eine, zwei, drei Stunden aus, so lange wie nötig. Begeben Sie sich in Ihrer Phantasie auf die abwegigsten Reisen – niemand kann Sie hindern, dieses Recht auszuüben –, aber bewegen Sie nicht einen Finger. Nehmen Sie, wenn es Ihnen zweckmäßig erscheint, zu jenen seltsamen Gedankenspielen Zuflucht, mit denen wir in unserem Innern die phantastischsten Welten erstehen lassen können. Versuchen

Sie zum Beispiel, sich ein Firmament vorzustellen, an dem anstelle der Sterne Gleichungen dritten Grades oder phosphoreszierende Kubikwurzeln leuchten. Trachten Sie, in die faszinierende Welt der Insekten einzudringen, die dem Menschen so viele, tiefgründige Lehren erteilen. Die beiden Briefbögen, die Sie gerade gegessen haben, liegen Ihnen noch immer schwer im Magen. Weshalb stellen Sie sich dann nicht einfach vor, Sie hätten sich in ein abnorm vergrößertes Silberfischchen verwandelt, und versuchen, sich in eine dunkle Welt zu versetzen, die kaum erhellt wird durch den fernen Glanz ehrwürdiger Pergamente? Weshalb entschließen Sie sich nicht, auf den Flügeln Ihrer Phantasie durch enge, feuchte Gänge zu eilen, angezogen vom betörenden Duft irgendeiner Inkunabel? Die Phantasie ist ein ewigwährender Frühling, Bautista. Es sollte den Sklaven wenig bedeuten, daß ihre Herren draußen eisige Winter herrschen lassen. Ich versichere Ihnen, mein Freund, es gibt viele Mittel, die Ihnen zu Gebote stehen, während man Sie zwingt, unbeweglich zu verharren. Drei Stunden, vier Stunden, fünf Stunden. Halten Sie so lange stand wie nötig. Verschaffen Sie dem Herrn Grafen nicht die Genugtuung, Sie ohnmächtig zu Boden sinken zu sehen. Was mich betrifft, so seien Sie unbesorgt, ich gedenke nicht, Sie zu züchtigen, auch wenn Sie um fünf Uhr in der Frühe zurückkehren. Ja, Sie können sogar die ganze Nacht im Schloß von Don Demetrio verbringen und erst morgen vormittag heimkehren, wenn der Tag schon fortgeschritten ist. Es ist so gut wie sicher, daß ich Sie bis dahin nicht benötigen werde. Ich werde die ganze Zeit Ihrer Abwesenheit mit Lesen verbringen. Meine Insektenbücher erwarten mich. Sie werden sich erinnern, daß Sie erst gestern zwölf neue Bände in die Bibliothek getragen haben. Sollte ich Sie aber doch benötigen, so werde ich mich allein zurechtzufinden wissen. Ich bin nicht so unnütz, wie manche glauben. Während Sie dem Herrn Grafen unbeweglich gegenüberstehen und sich vorstellen, ein Silberfischchen zu sein, kann ich für meinen Teil mir ebenfalls einbilden, ich hätte mich in ein niederes Insekt verwandelt, jeden Augenblick dem Tod preisgegeben durch den Stiefel eines Ausflüglers. Mehr als einmal, Bautista – ich sage es Ihnen in aller Offenheit –, habe ich diese winzigen Geschöpfe beneidet, die geboren werden, leben und sterben, ohne ein Bewußtsein der Zeit zu haben, die vergeht. Ach ja! Welch ein Glück, könnte ich mich zum Beispiel in eine jener Teufelsblumen verwandeln, die in ihre eigene Schönheit verliebt sind! Vielleicht ist sie mein Lieblingsinsekt, Bautista. Wissen Sie, wie sie aussieht? Es gibt in dieser Welt nichts Schöneres. Der untere Teil ihres Körpers gleicht einem Zweig mit welken Blättern, zwischen denen sich an der Spitze eines langen Stengels das Wunder eines purpurnen, blauen, violetten und rosafarbenen Blütenblattes entfaltet. Selbst ihre Vorderbeine, mit denen sie die Beute umklammert, könnte man ihrer häutigen Erweiterungen wegen für eine Orchidee halten. Können Sie sich so viel Schönheit vorstellen? Nun gut, reden wir nicht mehr davon. Nicht alles ist eitel Sonnenschein. Auch die Insekten haben ihre Zweifel und grüblerischen Gedanken. Eines Tages, während sie ihr Bild im Spiegel des Teiches betrachtete, wird die schöne Teufelsblume voller Verwirrung versucht haben, ihr wahres Wesen zu entdecken. Wer bin ich? fragte sie sich vielleicht. Und wenn ich nun nicht dieses grausame Insekt wäre, das ich zu sein glaube? Wenn ich nun wirklich eine Blume wäre? Ich möchte Ihnen damit sagen, Bautista, daß selbst die Insekten ihre Probleme haben können. Sogar Probleme der Einsamkeit. Nehmen Sie zum Beispiel die Glühwürmchen. Während des Tages sind sie prosaisch und unscheinbar. Nachts aber verwandeln sie sich in phantastische Fackelträger. Dann leuchtet ihr grünlich-kaltes Licht, oder es blinkt, je nach dem Geschlecht, der Art und den Bedingungen der Umwelt. Erscheint Ihnen das nicht faszinierend? Versuchen Sie jetzt, sich die Szene vorzustellen. Das männliche Glühwürmchen fühlt sich allein. Es blinkt seine Liebesbotschaft, und zwei Sekunden später antwortet ihm das Weibchen. Wie eine Uhr. Auch sie verlangt es nach Gesellschaft. Sind die Anträge ihr wirklich willkommen, stellt sie die Antwort weder vor noch zurück. Wer wagt da noch zu behaupten, die armen Glühwürmchen hätten keine Probleme mit der Einsamkeit? Wäre dem nicht so, würden sie sich dann die Mühe machen, so viele

Leuchtbotschaften miteinander auszutauschen? Das Traurige ist, Bautista, daß das Liebesgefunkel dieser Insekten sichere Ursache ihres Verderbens sein kann. Ringsherum um die Geliebte lauern kaltblütige Ungeheuer. Da ist zum Beispiel der Frosch, der Feind der Glühwürmchen. Er verschlingt sie zu Hunderten, und in warmen Sommernächten kann man ihn danach am Ufer des Tümpels leuchten sehen. Licht und Schönheit seiner Opfer überleben im Magen dieses Kretins. Begreifen Sie? Und jetzt kommt mir folgende Frage in den Sinn: Angenommen, ich hätte gelegentlich ein Glühwürmchen sein können, wo würde ich dann heute meine verlorene Schönheit finden? In welchem Magen ruht das Licht, das mich einst unter allen Menschen auszeichnete? Aber ich entferne mich jetzt von dem, was uns einzig interessiert. Ich habe eine übermäßige Neigung zu Abschweifungen. Kehren wir also zu uns zurück. Ich sagte Ihnen schon, daß Sie während der ganzen Zeit, die Sie bei Don Demetrio sind, völlig unbeweglich verharren müssen. Ich will, daß er mich um einen so schweigsamen und geduldigen Diener beneidet. Zurückhaltung also, große Zurückhaltung. Beherrschen Sie Ihre Nerven. Seien Sie jedoch bereit, jederzeit irgendeinem unvorhergesehenen Ereignis zu trotzen. Stellen Sie sich zum Beispiel vor, daß die Frösche aus heiterem Himmel zu quaken beginnen. Was sollen Sie dann tun? Darauf kann ich Ihnen keine genaue Antwort geben, Bautista, aber ich werde Ihnen sagen, was Sie nicht tun dürfen: Unter keinen Umständen dürfen Sie lachen, so spaßig Ihnen die Situation auch erscheinen mag. Die Frösche mögen quaken, was das Zeug hält, aber lachen Sie nicht, um Gottes willen. Ich sage Ihnen das zu Ihrem eigenen Wohl. Ein Lachen von Ihnen könnte sich unter solchen Umständen als höchst gefährlich erweisen. Es wäre so etwas wie eine Kriegserklärung. Es käme einer unerträglichen Dreistigkeit gleich, besonders nachdem Sie eine Tracht Prügel erhalten haben oder man Sie gezwungen hat, sich ein paar Briefbögen zu Gemüte zu führen. Wissen Sie denn nicht, Bautista, daß die Sieger nichts so sehr in Harnisch bringt wie die Feststellung, daß die Moral der Besiegten unversehrt ist? Ich werde ganz offen sein: Wenn die Frösche zu quaken beginnen und Sie, ohne es verhindern zu können, in lautes Gelächter ausbrechen, könnte die Reaktion des Herrn Grafen wahrhaft gefährlich sein. Dann können wir uns auf das Schlimmste gefaßt machen. Er wäre womöglich imstande, Sie auf die Folterbank zu binden, die er gewiß noch immer in den Kellern seines Schlosses aufbewahrt, oder Sie unter die Sense zu legen, die nach Art eines Pendels von der Decke der Folterkammer herabhängt. Don Demetrio ist ein Trottel – das sagte ich Ihnen bereits –, doch letzten Endes ist er ein Edelmann von altem Geblüt und könnte niemals die Herausforderung durch eine Person niederen Standes dulden. Haben Sie die Frösche also erst einmal freigelassen, dann sollen sie machen, wozu sie lustig sind. Sie mögen quaken bis sie platzen, aber lachen Sie nicht. Verharren Sie unerschütterlich auf Ihrem Posten. Verwandeln Sie sich in eine Art Ritterrüstung. Nur Mut! Fangen Sie wieder an zu zittern? Erscheint Ihnen das alles zu kompliziert? Fürchten Sie, daß Ihre Kräfte versagen könnten? Ich meine zu erraten, was Sie denken. Sie würden gerne den Inhalt des Briefes kennen, für den Fall, daß der Herr Graf Sie in seiner Verzweiflung an der Gurgel packt und Sie zwingt, ihn vorzulesen. Dieser Wunsch – ich sage es gleich – erscheint mir sehr vernünftig, denn das Schlimmste, was einem Menschen widerfahren kann, ist zu sterben, ohne eine gültige Antwort gegeben zu haben. Wie soll ich Ihnen aber meinen Brief erklären, wenn ich selbst nicht genau weiß, was ich geschrieben habe? Wir wollen einmal sehen, lassen Sie mich nachdenken, erlauben Sie, daß ich mich besinne ... Ach, Erinnerung, du grausame Feindin meines Glücks! Was habe ich dem Herrn Grafen geschrieben? Also ... Ich meine mich zu erinnern, daß ich mich in den ersten beiden Absätzen in allgemeinen Betrachtungen über die Gefahren ergehe, die Anregungsmittel wie Tabak, Alkohol und Kaffee für den menschlichen Organismus darstellen. Ich beschäftige mich auch mit den Risiken zu reichlichen Essens. Ich gebe zu, eine wenig übliche Einleitung für einen gewöhnlichen Brief, aber mir fiel für den Anfang nichts Besseres ein. Das Merkwürdige in diesem Fall ist, daß all diese Ermahnungen zudem völlig unangebracht sind. So mancher, der Don Demetrio gut kennt, könnte mich fragen, weshalb ich meine Zeit damit vergeude, einem Mann, der, von seiner Neigung für beleibte Frauen einmal abgesehen, in der ganzen Gegend für seine Genügsamkeit und seine guten Sitten bekannt war, mit derartigen Ratschlägen zu kommen. Denn der Herr Graf rauchte nicht, trank nicht und erlaubte sich kaum den Luxus des Essens. Er nahm gerade nur das Unerläßliche zu sich, um das Leben zu fristen. Zwar versäumte er nie ein Bankett, doch mit seiner widerwärtigen Genügsamkeit beleidigte er uns alle. Eine wahrhaft verwunderliche Haltung, die mir mit der Zeit sogar recht verdächtig erschien. Schließlich gelangte ich zu der Überzeugung, daß der Mann nicht so genügsam sein konnte, wie er uns glauben machen wollte. Ich stellte mir folgende Frage: Wer hatte Don Demetrio gesehen, wie er in seinen privaten Gemächern speiste, ohne andere Gesellschaft als die seiner Perserkatze? Es gibt ein Sprichwort – und verzeihen Sie mir, Bautista, wenn ich auf eine so triviale Form der Weisheit zurückgreife –, welches einiges Licht auf die Sache wirft: Wer nicht ißt, hat gehabt. Kurz und gut: heute mutmaße ich, daß der Herr Graf sich zu seinen öffentlichen Banketten mit vollem Magen eingefunden hat. Ich will gern zugeben, daß er nicht raucht und nicht trinkt, aber es kostet mich ungleich größere Mühe einzuräumen, daß ein Mensch mit ein paar Oliven, einem hartgekochten Ei und ein paar Fingerbreit Mineralwasser über den Tag kommen kann. Um so mehr, als ich weiß, daß

Don Demetrio einer Familie von Vielfraßen entstammt. Bis vor kurzem war mir dieser Umstand gar nicht in den Sinn gekommen, doch eines Tages erinnerte ich mich auf einmal, daß die Eltern Don Demetrios einst bei einer Wette mit vereinten Kräften ein mittelgroßes Kalb, vier Hühner und dreißig Bananen vertilgt hatten. Wenn ich mir dieses familiäre Vorleben heute vor Augen halte, dann frage ich mich: Kann ein Kind mit solcher Leichtigkeit die gastronomische Tradition seiner Erzeuger über Bord werfen? Erben wir denn von unseren Vätern nicht auch den Magen – oder zumindest eine bestimmte Magenveranlagung –, so wie wir ihnen auch im Blut und in der Art nachschlagen? Letzten Endes mögen meine Ratschläge also gar nicht so unangebracht sein, Bautista. Ich bin jetzt fast sicher, daß Don Demetrio hinter seiner genügsamen Fassade seit jeher geheime Laster verborgen hat. Dieser Spitzbube ist sicher ein sehr viel größerer Freund leiblicher Genüsse, als er uns glauben machen wollte. Aber ich will nicht, daß Sie denken, ich würde mir immer nur Wasser auf meine eigenen Mühlen gießen. Nehmen wir also an, daß der Herr Graf wirklich ein Mann ohne Appetit ist. Seine Mahlzeiten beschränken sich tatsächlich auf jenes Dutzend Sevillaner Oliven und das bewußte hartgekochte Ei. Es soll mir recht sein, seine Genügsamkeit ist seine Sache. Meine Empfehlungen werden ihn, so oder so, nicht ärgern können. Und wissen Sie weshalb, Bautista? Ganz einfach: weil er sie nicht wird entziffern können. Wir haben hier einen der großen Vorteile einer unleserlichen Handschrift: Unsere Empfänger können sich niemals gekränkt fühlen. Und wenn wir ihnen etwas raten und sie unsere Ratschläge nicht befolgen, bleibt uns stets der tröstliche Gedanke, daß sie ihnen deshalb nicht folgen, weil sie sie nicht verstehen. So wird Don Demetrio, eine halbe Stunde nachdem er mit der Lektüre des Briefes begonnen hat, noch immer nicht wissen, ob ich ihm Mäßigung beim Essen anrate oder ob ich ihm von der Panspermie erzähle, jener Theorie, welche die Entstehung des Lebens auf die künstliche Aussaat lebender Keime zurückführen will, die alte Meteoriten auf unsere Erde gebracht haben sollen. Sie zweifeln, Bautista? Erinnern Sie sich denn nicht mehr, daß alle Wörter meines Briefes – absolut alle, mit Ausnahme der Unterschrift – ohne jeden Zwischenraum aneinandergereiht sind? Erinnern Sie sich nicht an die subtile Tarnung der Umlaute? Und an den I-Punkt, der immer ein bißchen vor- oder nachversetzt ist? Dazu kommt eine weitere List, die ich bislang noch nicht erwähnt habe: Meine Handschrift ist so winzig, daß niemand, nicht einmal mit Hilfe einer starken Lupe, imstande wäre, sie zu lesen. Eine echte Miniatur, eine Mikroskopie. Ha! Ha! Haben Sie je einen Mann gekannt, der mehr Weitblick als ich besessen hätte? Die Schiffe täten gut daran, zwei Anker mit sich zu führen, denn vorbeugen bedeutet bewahren. Vorsicht tut Not, große Vorsicht. Tu niemals alles, was du kannst, noch sage alles, was du weißt, noch beurteile alles, was du siehst, noch glaube alles, was du hörst. Ist das Unglück erst einmal da, läßt es uns alles fürchten und an allem verzweifeln, das Glück aber macht uns blind. Mein Brief ist ein Wunderwerk an Dunkelheit, denn die Dunkelheit ist das Paradies der Seligen und der Huris. Heute morgen entwickle ich eine besondere Vorliebe für Sprichwörter, denn ich möchte keine Gelegenheit vorbeigehen lassen, Ihnen meine Gedanken ganz genau begreiflich zu machen. In der Finsternis, so sagt ein anderes Sprichwort, liegt immer eine geheimnisvolle Größe. Ich will jedoch offen mit Ihnen sein. Ich kann nicht das Risiko eingehen, daß Sie diesen Raum achselzuckend verlassen. Ha! Ha! Sie sind überrascht, mein Freund? Sie sind verblüfft über den Scharfsinn Ihres Herrn? Sie schauen mich seltsam an, als würden Sie heute morgen endlich beginnen, mich zu verstehen ... Seien wir jedoch nicht zu optimistisch und fahren wir mit unseren Planungen fort. Nehmen wir einmal an, dem Herrn Grafen gelingt es durch mühselige Anstrengung trotz allem, einige wenige Wörter zu entziffern. Zum Beispiel das Wort Kaffee oder das Wort Tabak. Glauben Sie, daß mich diese Möglichkeit beunruhigt? Keine Spur. Denn sagen Sie mir, was könnte es ihm nützen, ein einzelnes Wort zu erkennen? Was könnte es ihm sagen unter den fünfhundert, die es umgeben? Über den Tabak, zum Beispiel, lassen sich viele und sogar widersprüchliche Dinge sagen. Wie sollte Don Demetrio wissen, ob ich mich auf die Nikotinvergiftung beziehe oder auf das sogenannte Raucherherz, das man bisweilen bei Rauchern findet? Das gleiche gilt für den Kaffee. Wie soll man, mit dieser einfachen Vokabel als Ausgangspunkt, herausfinden, was folgt? Über den Kaffee läßt sich ebenfalls so manches sagen. Zum Beispiel, daß die äthiopischen Mönche ihn tranken, um die ganze Nacht hindurch im Gebet standhalten zu können, oder daß sein Gebrauch, um nicht zu sagen Mißbrauch, in den klassischen Kulturen vielen allzu weinfreudigen Männern analytische Fähigkeiten verlieh. Oder aber daß der Kaffee, mag dies auch eine Binsenwahrheit sein, immer schwarz ist, denn hätte er eine andere Farbe, wäre er kein Kaffee mehr. Begreifen Sie? Ein Universum an Interpretationen. Jedes noch so bescheidene Wort versetzt uns an eine Kreuzung, von der viele Wege abzweigen, und jede Richtung, die wir einschlagen, kann die richtige sein. Weder das Wort Kaffee noch das Wort Tabak bedeuten, für sich genommen, sehr viel. Und Ähnliches läßt sich von den Menschen sagen, denn auch ein Mensch bedeutet, einzeln betrachtet, nicht allzu viel. Stellen Sie sich zum Beispiel vor, jemand würde anhand meiner Person die übrigen Menschen begreifen wollen und eine umfangreiche Abhandlung über die Menschheit schreiben. Das Buch würde unzweifelhaft ein Fiasko werden, denn zum Glück oder zum Unglück bin ich niemandem ähnlich. Ich habe nichts oder nur sehr wenig mit meinesgleichen gemein. Glauben Sie zum

Beispiel, daß es viele Menschen gibt, die imstande wären, Briefe wie diesen zu schreiben? Sie machen große Augen, Bautista. Sie verstehen mich nicht. Sie können Ihre Verwirrung nicht verbergen. Sie werden sich fragen, weshalb ich mir die Mühe mache, einen Brief zu versenden, der so geschickt abgefaßt ist, daß sein Empfänger ihn nicht lesen kann. Weshalb sich das Leben komplizieren, werden Sie sich sagen. Wäre es nicht einfacher gewesen, sich den Brief zu ersparen und die Dinge weiterlaufen zu lassen wie bisher? Nein, Bautista, es wäre nicht einfacher gewesen. So wie die Dinge liegen, müßten Sie das eigentlich wissen. Ich bin ein Mensch, der, trotz allem, das dringende Bedürfnis hat, sich den anderen mitzuteilen. Ich habe zu lange in Schweigen verharrt, und mit diesem neuen Frühling ist nun wieder der Wunsch in mir erwacht, Briefe zu schreiben und geeignete Empfänger zu finden. Das ist nicht gerade originell, ich gebe es zu, haben doch viele zu Schweigen und Einsamkeit verurteilte Menschen ihre Lage besser ertragen können, indem sie Briefe schrieben. Doch Vorsicht, das Problem stellt sich, wenn wir mit gezückter Feder vor einem weißen Blatt Papier sitzen. Mein Gott, was für beklemmende Augenblicke! Wie soll man völlig lesbare Briefe schreiben, wenn die Gefahr besteht, daß der Empfänger unsere Gedanken nicht teilt? Schlimmer noch: wie können wir einen Brief schreiben, wenn wir nicht wissen, was wir sagen sollen, oder wenn es nichts zu sagen gibt? Welche Formeln sollen wir zu Hilfe nehmen, wenn wir unsere Seele ausdrücken wollen und dabei feststellen müssen, daß uns nicht ein einziger Tropfen Glück mehr bleibt, den wir den anderen zukommen lassen könnten? Das ist ein schwerwiegendes Problem, mein Freund, denn trotz allem können wir uns nicht dem Schweigen ergeben. Wenn Sie diesen Imperativ gelten lassen, erscheint es Ihnen dann nicht logisch, daß ich versucht habe, meine Bitterkeit mit dunklen Hinweisen auf die Gefahren der Gefräßigkeit, des Kaffees oder des Tabaks zu verbergen, in der Hoffnung, daß irgend jemand später einmal versuchen wird, unsere Hieroglyphen zu entziffern? Dies und nichts anderes ist der Grund dieses Briefes, Freund Bautista. Zu wissen, daß an diesem Abend jemand an mich denken wird. Können Sie mich jetzt besser verstehen? Sie sind immer noch verwirrt? Nun, dann denken wir nicht weiter darüber nach und übergeben dem Herrn Grafen meinen Brief. Tun wir es indes in der geheimen Hoffnung, er möge nicht ein einziges Wort von dem verstehen, was ich ihm schreibe. Ich selbst gestehe mir den Vorteil der Dunkelheit zu. Nachts sind alle Katzen grau. Oder, wie man sagt: Dem Weizen sieht man es nicht an, was aus ihm mal werden soll. Schließlich befinden wir uns mitten in der Zivilisation des Betruges, der geschickten Verkaufsstrategien. Nehmen Sie nur einmal die Mehrheit der heutigen Maler. Ausgehalten von der Konsumgesellschaft. Sie tun nichts anderes, als ihre Mittelmäßigkeit zu komplizieren und schönzufärben.

Komplizieren also auch wir unsere Mittelmäßigkeit, und vertrauen wir darauf, daß Don Demetrio sie nicht entziffern kann. Jubeln wir jedoch nicht zu früh. Sie wissen ja, der Mensch denkt, Gott lenkt. Wünschen heißt soviel wie fürchten. Ich vertraue darauf, daß Don Demetrio den Brief nicht versteht, aber es bleibt noch ein Risiko, das man nicht unterschätzen darf. Der Herr Graf ist, trotz seines Uradels, kein sehr intelligenter Mann. In unserer Schulzeit buchstabierte er mühsam das Lesebuch, das wir übrigen Schulkameraden wie im Schlaf lasen. Später gelang ihm, trotz seiner mächtigen Beziehungen, nicht einmal der Zugang zur Universität. Und ich glaube nicht, daß er das Versäumte in all diesen Jahren aufgeholt hat, denn sein Problem war nicht mangelnder Wille, sondern angeborene geistige Beschränktheit. Man kann also nicht ausschließen, daß er sein Fiasko beim Lesen des Briefes nicht meiner Handschrift zuschreibt, sondern seinen geringen Geistesgaben. Und ich kenne ihn gut genug, um Ihnen schon jetzt sagen zu können, daß er sich niemals bequemen wird, seine Unwissenheit zuzugeben. Don Demetrio war immer äußerst hochmütig. So hochmütig wie jener Käfer, der, als man sich anschickte, das Pferd des Paschas zu beschlagen, die Gelegenheit ergriff und sein Füßchen ausstreckte. Wie mag also dann, in Anbetracht dieser Facette seiner Persönlichkeit, seine Reaktion auf mein Kauderwelsch sein? Halten Sie sich gut fest, Bautista, denn was ich Ihnen jetzt sagen werde, ist zu drollig: Es ist möglich, daß der Herr Graf eine herablassende Miene aufsetzt, den Brief in die Tasche steckt, sich Ihnen zuwendet und sagt, daß er meiner Einladung zur Fasanenjagd mit Freuden Folge leistet. Er wird alles auf eine Karte setzen, um der Demütigung ein Ende zu machen, die darin liegt, einen Brief zu erhalten, den man nicht zu lesen imstande ist. Wenn es tatsächlich so weit kommt, dann enthalten Sie sich jedes Kommentars. Lassen Sie sich nicht einfallen, ihn durch ein argwöhnisches Lächeln zu demütigen. Beschränken Sie sich auf eine kurze, zustimmende Kopfbewegung. Behalten Sie jedoch im Gedächtnis, daß die Sache mit der Fasanenjagd völlig falsch ist. Lassen Sie sich nicht von ihm täuschen. Denken Sie stets daran, daß ich mich in meinem Brief darauf beschränkt habe, eine Reihe von Wörtern ohne allzu großen Sinn aneinanderzufügen. Als ich ihn schrieb, ging es mir einzig darum – und darum geht es mir noch immer –, daß der Herr Graf ihn noch heute abend erhält und vom ersten Augenblick an weiß, daß kein anderer als ich ihn geschickt hat. Beachten Sie den Absender. Mein Name ist in aller Deutlichkeit zu lesen. Sehen Sie? Er ist mit Druckbuchstaben geschrieben, ein Kleinkind könnte ihn lesen. Dem Herrn Grafen wird nicht der geringste Zweifel über die Identität des Absenders bleiben. Ein alter Freund, ein Schulkamerad und später ein Kumpan bei den fröhlichen Saufgelagen der Jugendzeit, wenn ich Ihnen auch, um aufrichtig zu sein, sagen muß, daß Don Demetrio sich nicht gerade durch seinen Sinn für Vergnügungen auszeichnete. Obendrein waren wir Waffengefährten im Husarenregiment des Erzherzogs. Das ist kein Pappenstiel, drei Jahre lang alle Mißhelligkeiten des Kasernenlebens miteinander zu teilen. Er wird sich sehr gut an mich erinnern, da bin ich sicher. Erinnern Sie sich etwa nicht an Ihre Militärkameraden, Bautista? Wo haben Sie gedient? Bei der Infanterie? Bei der Artillerie? Oder vielleicht im Pionierkorps? Sie erinnern sich nicht? O Bautista, ich verdiene, daß man mir die Ohren langzieht! Sie hinken ja! Ich hatte vergessen, daß Ihr eines Bein länger als das andere ist! Gewiß hat man Sie für völlig untauglich erklärt! Na, na, machen Sie nicht so ein Gesicht, Sie brauchen sich nicht zu schämen, daß Sie hinken! Soll ich Ihnen jetzt sofort eine Liste von berühmten Hinkefüßen hersagen? Kopf hoch, mein Freund, ich versichere Ihnen, daß nicht jeder sich rühmen kann, so anmutig zu hinken wie Sie. Ihnen beim Gehen zuzusehen ist eine wahre Wonne. So daß ich mich oftmals frage, ob Sie nicht einzig und allein für den Frieden und für die Liebe auf die Welt gekommen sind. Ich sage Ihnen das, weil ich aus sicherer Quelle weiß, daß etliche Damen hier in der Gegend einiges darum gäben, auf Ihre Dienste zählen zu können. Alle diese Damen beneiden mich, ich weiß das sehr gut. Ich habe so manchen anonymen Brief in diesem Sinne erhalten. Darunter auch den einer Herzogin. Sie werden sich fragen: »Wie kann der Herr Marquis wissen, daß es sich gerade um eine

Herzogin handelt?« Und Sie hätten guten Grund, mir diese Frage zu stellen, werden doch anonyme Briefe weder mit einer Unterschrift verschickt noch mit einer Herzogskrone. Und doch weiß ich genau, daß hinter einem dieser anonymen Schreiben das leidenschaftliche Herz einer immer noch recht ansehnlichen Herzogin schlägt. Noch heute, nach so vielen Jahren der Enthaltsamkeit, bin ich imstande, die Herkunft einer Dame an dem Hauch Parfüm zu erkennen, den sie in ihren Briefen hinterläßt. Sie sehen also, wie die Dinge liegen, Bautista. Ich bin sicher: würden Sie nicht hinken, keine dieser Damen brächte Ihrer Person das geringste Interesse entgegen. Ihr Hinken aber – ich sage Ihnen das in aller Offenheit, damit Sie Ihre Komplexe über Bord werfen – ist ein aufreizendes Hinken, das Ihren Hintern in eine eigenartige, kreisende Bewegung versetzt. Wenn Sie gehen, Bautista, ist es, als riefen Sie dabei aus: »Hier bin ich, meine Damen, denn schließlich und endlich dauert das Leben nicht ewig!« Und Sie wissen ja, wie die Mehrzahl der heutigen Frauen ist, mein Freund. Weshalb sich da etwas vormachen. Ich lebe zwar außerhalb der Welt, aber ich halte mich auf dem laufenden über das, was draußen geschieht. Nie haben sie so wie heute um ihre Rechte gekämpft, doch nie zuvor gab es auch so viele, die sich derart willfährig und schamlos dem Konsum ergeben haben. Und dann sind da noch die anderen, die von der Rechten, um ihnen einen Namen zu geben. Wie viele Ehefrauen gibt es, denen es an Anregungen mangelt. Ich sage es ganz offen, Bautista: Noch nie war fremdes Fleisch so leicht zu haben wie heute. Welche Rolle spielt es also angesichts des großen Vorteils Ihres Hinkens, ob Sie Ihren Militärdienst geleistet haben oder nicht? Was macht es schon, ob Sie bei der Infanterie oder bei der Artillerie gedient haben oder aber für völlig untauglich erklärt wurden? Machen Sie sich über diese Lappalien Gedanken, jetzt, da es vor den Kasernentoren von Wehrdienstverweigerern nur so wimmelt? Hinken Sie, mein Freund, hinken Sie, und schämen Sie sich dessen nicht, denn es ist besser, mit Anmut zu hinken, als überhaupt nicht und auf Plattfüßen daherzustapfen wie ein Bär ... Obwohl, wenn ich es recht bedenke – das wird mir jetzt erst klar –, diese höchst spezielle Art Ihres Hinkens uns vor einige verdrießliche Probleme stellen kann. Ich will versuchen, Ihnen das mit ein paar Worten zu erklären. Wir haben bereits die Möglichkeit erwogen, daß Don Demetrio Sie in Gesellschaft der Frau Gräfin empfängt, und ich sagte Ihnen, daß Sie in diesem Fall das Froschpärchen in Ihrer Tasche vergessen sollen. Jetzt aber sage ich Ihnen ferner, daß Sie im Beisein der Gattin Don Demetrios weder die Frösche freilassen, noch auch nur einen einzigen Schritt tun dürfen. Bleiben Sie reglos stehen, bis Doña Beatriz verschwindet. Ich werde Ihnen sagen, weshalb: Der Herr Graf ist ein eifersüchtiger Mensch. Er war es schon immer und ist es, nach meinen letzten Informationen, auch heute noch.

Sie wissen ja, wie die Eifersüchtigen sind. Ihre Eigenliebe ist größer als ihre Liebe. Ein Monstrum, das sich selbst zeugt und gebiert. Don Demetrio ist eifersüchtig auf die Sonne und den Wind, wie es im Liede heißt. Wenn Sie gehen, bewegt sich Ihr Hintern, und wenn die Frau Gräfin, die auf jede günstige Gelegenheit lauert, nicht verhindern kann, daß ihre Augen freudig aufleuchten, kann es einen Riesenrabatz geben. Es kann sogar sein, daß Don Demetrio, ohne der Sache weiter nachzugehen, Sie beide umbringt. Zuerst Sie und dann sie. Denken Sie also einen Augenblick darüber nach, Bautista, wie traurig es wäre, für eine Frau zu sterben, die man noch nicht einmal in den Armen gehalten hat. Gehen Sie behutsam zu Werke, seien Sie vorsichtig, und vermeiden Sie jede Bewegung, wenn Doña Beatriz zugegen ist. Rühren Sie sich nicht, auch wenn der Herr Graf energisch befiehlt, Sie mögen sich entfernen. Widerstehen Sie tapfer allen Anweisungen und sogar Befehlen, die er Ihnen in diesem Sinne gibt. Bewegen Sie sich nicht, doch soll Don Demetrio an Ihrer leidenden Miene erkennen, wie gern Sie sich bewegen würden, wenn Sie es tun könnten, ohne eine Katastrophe zu entfesseln. Verstehen Sie mich, Bautista? Es würde mich zutiefst schmerzen, wenn Sie durch die Hand eines eifersüchtigen Ehemannes stürben, obendrein noch ohne jede Schuld. Wenn Sie tot sind, was wird dann aus mir? Wo könnte ich einen Diener wie Sie finden? Wer würde sich, wie mein guter Bautista, bereitwillig darein finden, sich grün zu kleiden und ein Paar Frösche in die Tasche zu stecken? Denn die Frösche – gleich, ob Sie sich ihrer im entsprechenden Augenblick werden bedienen können oder nicht – halte ich auch weiterhin für das allerwichtigste Requisit. Gehen Sie, nach Verlassen dieses Raumes, sogleich zum Teich und fangen Sie ein Pärchen. Wählen Sie, wie ich Ihnen bereits sagte, diejenigen aus, die nach Ihrem Dafürhalten am schlimmsten quaken. Und die Ihnen am häßlichsten erscheinen. Alle Frösche sind häßlich, gewiß, aber selbst in der Häßlichkeit gibt es feine Unterschiede. Haben Sie die Frösche in Ihrer Gewalt, dann kommen Sie zu mir und zeigen sie mir. Ich übergebe Ihnen den Brief. Sie kleiden sich grün und machen sich unverzüglich auf den Weg zum Schloß des Herrn Grafen. Übergeben Sie das Schreiben niemand anderem als Don Demetrio selbst. Lassen Sie die Frösche unauffällig im Salon frei, während der Herr Graf sich bemüht, meinen Brief zu entziffern. Genau in dem Augenblick, wenn Sie sehen, daß sein Gesicht rot anzulaufen beginnt. Lassen Sie sie jedoch nicht frei, wenn Don Demetrio Sie in Anwesenheit seiner Frau empfangen hat. Verharren Sie in jedem Fall, aufmerksam und respektvoll, in Schweigen. Wenn Don Demetrio, wiewohl angenehm überrascht durch das Grün der Amphibien, in Harnisch gerät und Sie schließlich sogar schlägt, denken Sie daran, daß Sie den Schlägen nicht ausweichen dürfen. Erdulden Sie sie mit einem resignierten Lächeln. Denken

Sie daran, wer nichts einstecken kann, erreicht auch nichts. Wirft er Sie hinaus, dann verlassen Sie das Zimmer, ohne zu mucksen. Verharren Sie jedoch reglos, wenn Sie sich in Anwesenheit von Doña Beatriz bewegen sollen. Mehr als alle anderen ist dieser Punkt von entscheidender Bedeutung für Ihr Überleben. Wenn er Sie zwingt, den Brief aufzuessen, dann essen Sie ihn auf. Und wenn er versucht, Ihnen den Inhalt zu entlocken, dann denken Sie daran, daß Sie nichts wissen. Nicht einmal das, was ich Ihnen zuvor über den Kaffee und den Tabak gesagt habe. Sie wissen nichts. Und lassen Sie sich nicht beirren, wenn der Herr Graf mit päpstlicher Miene von gewissen Einladungen, von Fasanen oder dergleichen spricht. Vergessen Sie nicht, daß er nur deshalb auf diese List zurückgreift, um seine Unwissenheit zu verbergen. Es ist auch möglich, daß Don Demetrio nicht zur Peitsche greift, Sie jedoch mit den schlimmsten Schmähungen überhäuft. Vielleicht wird er sich beim Zerreißen des Briefes Luft machen, indem er Sie als Schurken, Schuft, Lumpen, Bösewicht oder Halunken beschimpft. Womöglich wird er Sie, mit gepreßter Stimme, einen Wurm heißen. Ärgern Sie sich nicht. Denken Sie daran: Schmähungen vergehen, wenn wir sie hingehen lassen. »Sehr wohl«, sagen Sie mit einem halben Lächeln zu ihm. »Es ist sehr großmütig von Ihnen, mich einen Wurm zu nennen. Ich bin in der Tat ein Wurm. Ich atme durch die Haut, und mein Verdauungskanal durchzieht meinen Körper von einem Ende zum anderen. Ich bin weder intelligent noch schön. Ich habe keine Flügel, nicht einmal Füße. Kriechend kann ich jedoch jeden Ort erreichen.« Sagen Sie ihm dies alles mit gleichgültiger Miene, ohne den Dünkel des Entomologen. Nehmen Sie die ungezwungene Haltung jener Komiker an, die auf der Bühne die schlimmsten Beschimpfungen über sich ergehen lassen und dann dem Publikum schlagfertig mit gleich grober Münze heimzahlen, immer im Rahmen der fröhlich-frivolen Stimmung, an der alle ihre Freude haben. Können Sie mir folgen, Bautista? Wenn Don Demetrio Sie beschimpft, dann machen Sie aus der Not eine Tugend … Und verlieren Sie nicht die Geduld, weil ich Ihnen so viele Ratschläge gebe. In dieser Hinsicht tue ich lieber zuviel des Guten als zu wenig. Ich war immer der Meinung, daß Vorsicht die Mutter der Weisheit ist. Halten Sie sich außerdem vor Augen, daß Sie mit diesem ganzen Verwirrspiel letztlich nichts zu tun haben. Sie werden lediglich der Überbringer eines unverständlichen Briefes sein. Mehr nicht. Eine andere Rolle könnten Sie gar nicht spielen, selbst wenn Sie wollten, denn es ist nicht möglich, daß Sie – oder Personen Ihres Standes – jemals unsere Ängste und unsere Einsamkeit verstehen können. Daran ist nichts zu ändern, Bautista. Die Enten gehören zur gleichen Familie wie die Schwäne, und doch sind und bleiben sie Enten. So sind die Dinge nun einmal, und werfen Sie mir nicht vor, ich sei reaktionär, weil ich so denke, denn ich gebe ja zu, daß

Sie und Ihre Klasse dafür auch in mancher Weise entschädigt sind. Sie können nicht an unserer Größe teilhaben, aber Sie leiden auch nicht unsere Nöte. Es gilt als bewiesen, daß Ihre Gefühle sich sämtlich auf einem anderen Niveau bewegen. Wie können Sie dann begreifen, daß ich, Ihr Herr, einem anderen Herrn meines Standes ein Schreiben sende, das so kompliziert ist wie eine chinesische Hieroglyphe? Das einzige, was Sie beunruhigt, ist die Gefahr, möglicherweise eine Tracht Prügel zu beziehen für die Überreichung eines Briefes, den Sie nicht einmal geschrieben haben. Diese Gefahr besteht in der Tat, doch sollten Sie sich zum Ausgleich vor Augen halten, daß ich Ihnen seit vielen Jahren pünktlich Ihren vollen Lohn auszahle. Ich glaube nicht, daß Sie in dieser Hinsicht den geringsten Grund zur Klage haben. Zudem sagte ich Ihnen bereits, daß es nicht einmal sicher ist, daß Don Demetrio Sie züchtigt. Was Ihnen widerfahren kann, hängt weitgehend von Ihrem Verhalten ab. Wenn Sie sich treu an meine Ratschläge halten und Ihre eigenen Interpretationen hintanstellen, können die Dinge einen glücklichen Ausgang nehmen. Lassen Sie mich jedoch, zu Ihrem eigenen Wohl, noch etwas fortfahren in meinen Ratschlägen, denn ich bin nicht sicher, mit meinen Empfehlungen schon am Ende zu sein. Zum Beispiel möchte ich für Ihren Besuch heute nachmittag den Vorschlag wagen, daß Sie sich eine grüne Perücke aufsetzen. Ich sehe gerade, daß Ihr Haar doch recht schwarz ist. Indes stelle ich diese

Einzelheit in Ihr Ermessen. Ich möchte nicht zu weit gehen und Ihnen jede Initiative versagen. Andererseits ist die Verwendung einer grünen Perücke mit bestimmten Risiken verbunden, besonders in der hiesigen Gegend. Die Leute könnten Sie für einen Marsbewohner halten. Nach dem, was ich in den Zeitungen lese, soll es jeden Tag mehr Menschen geben, die felsenfest an solche Wunderdinge glauben. Vor allem hier auf dem Lande. Man hat die traditionellen Geheimnisse zerstört und dafür andere erfunden, die besser zu der Zeit passen, in der wir leben. Eine Frage der Mode, Bautista. Wer sagte noch gleich, daß sogar die Verbrechen der Mode unterliegen? Die Moden gehen vorbei, mein Freund, doch was fundamental ist, bleibt. Und jetzt meine ich mich zu erinnern – Sie sehen, auf welchen Wegen –, daß dies das Thema ist, das ich in der zweiten Hälfte des Briefes anschneide. »Sind Frösche und Zweige fundamental, lieber Graf?« Nehmen wir jetzt einmal an, Don Demetrio bringt es trotz meiner Vorkehrungen zuwege, die sieben Wörter zu entziffern, aus denen diese Frage besteht. Sieben mikroskopisch kleine und ohne Zwischenraum geschriebene Wörter, vergessen Sie das nicht, dazu noch die weggelassenen Konjunktionen und die getarnten Umlaute. Das heißt, nehmen wir einmal an, dem Herrn Grafen gelingt es zu lesen: »Sindfrischezweigefundamentalliebergraf?« Ha! Ha! Man könnte sich ausschütten vor Lachen! Der getarnte Umlaut verändert, wie Sie sehen, beträchtlich den Sinn der

Frage. »Potztausend!« wird Don Demetrio voller Erstaunen ausrufen. »Was fragt mich da dieser sybillinische, konspirative Marquis, den ich schon seit Jahren tot glaubte? Steigt er aus dem Grab, um mich mit einer so läppischen Frage zu belästigen wie der, ob frische Zweige fundamental sind oder nicht?« Nichtsdestotrotz wird der arme Mann sich den Kopf zermartern und versuchen, eine Antwort zu finden, denn die Frage ist, im Grunde genommen, nicht einfach. Was würden Sie zum Beispiel antworten, Bautista? Meinen Sie, daß frische Zweige fundamental sind? Sie zucken die Achseln, natürlich. Eine Gebärde, für die die Menschen sich zutiefst schämen sollten. Strengen wir uns jedoch etwas an, analysieren wir die Frage von Grund auf. Sind frische Zweige fundamental? Grundsätzlich nicht, wie es scheint. Zweige ermangeln, für sich genommen, der Unabhängigkeit. Sie können nur aus einem Stamm wachsen, das heißt, aus einem Baum. Betrachtet man die Sache aber unter einem anderen Gesichtspunkt, dann könnte man wohl sagen, sie sind fundamental, denn ohne Zweige gibt es keine Blätter, und ohne Blätter würden die Bäume ihren größten Reiz verlieren. Welchem Spaziergänger könnte ein Baum ohne Blätter nützen, Bautista? Erst Blätter und Zweige machen die Bäume zu Bäumen, mein Freund, und dichtbelaubte Bäume sind die größten Liebhaber der Stürme. Es gibt indes ein weiteres Argument für die Fundamentalität der Zweige – wenn dieses Wort erlaubt ist. Passen Sie auf: Die Samen der neuen Bäume sind in den Früchten eingeschlossen, und die Früchte hängen an den Zweigen. Wir sind damit unversehens in die aristotelische Lehre von actu und potentia eingedrungen. Darum: wenn es keine Zweige gibt, gibt es auch keine Früchte, die an ihnen hängen, und wenn es keine Früchte gibt, gibt es auch keine Samen, aus denen morgen neue Bäume entstehen können. Nehmen wir zum Beispiel die Waldeiche, meinen Lieblingsbaum. In der Eichel dieser Waldeiche lebt schon eine andere potentielle Waldeiche. Können Sie mir folgen? Jeder Zweig dieser Waldeiche ist also fundamental, denn ohne diesen Zweig gäbe es keine Eicheln, und ohne Eicheln gäbe es keine Eichenwälder. Wie? Was sagen Sie, Bautista? Daß die Waldeichen keine Eicheln tragen? Daß die Eicheln an den Steineichen wachsen? Hängen Sie doch nicht an solchen Kleinigkeiten, mein Freund, lassen Sie sich nicht anmerken, daß Sie ein hochgekommener Bauer sind. Ich habe Ihnen nur ein Beispiel genannt. Halten Sie sich nicht so eng an die konkrete Bedeutung der Wörter. Seien Sie etwas phantasievoller. Wenn wir von Bäumen sprechen, können wir in Wirklichkeit ganz andere Dinge meinen. Däumling ist sehr viel mehr als nur ein Kind, das sich im Wald verirrt hat, er ist der feste Wille, einen Weg zu finden. Kurz und gut, mögen die Eicheln auch an den Steineichen wachsen, meiner Bewunderung für diese Bäume, diese starken, eigensinnigen Riesen mit ihren eingeschlechtlichen Blüten tut dies keinen Abbruch. Die Waldeiche, Freund Bautista, ist ein anregender Baum für mich, wenn er uns auch durch seine Langlebigkeit an die Flüchtigkeit unserer eigenen Existenz erinnert. Vielleicht ist das, bei ganz genauer Betrachtung, der einzige Nachteil, den ich an ihm entdecken kann. Denn wer könnte eine Waldeiche oder eine Steineiche pflanzen, ohne dabei auch an die Kürze des eigenen Lebens zu denken? Wo werden wir sein, wo werden unsere absurden Briefe, unsere Adelstitel und unsere Freunde, die Frösche, sein, wenn aus der Steineiche, die ich heute pflanze, die ersten Eicheln sprießen werden? Können wir es widerspruchslos hinnehmen, daß die Eicheln dieser Steineiche, wenn wir schon lange Jahre nicht mehr sind, Rudeln glücklicher Schweine als Nahrung dienen werden? Nun gut, enthalten wir uns jetzt weiterer Abschweifungen. Kehren wir zu uns zurück. Bisweilen habe ich den Eindruck, daß ich zuviel rede, ohne daß es mir gelänge, alles zu sagen. Wir waren bei der Verwirrung stehengeblieben, in die den Herrn Grafen der Versuch stürzt, eine Antwort auf die Frage zu finden, ob frische Zweige fundamental sind oder nicht. Und vielleicht läßt das viele Nachdenken über diese Frage allmählich den Verdacht in ihm keimen, daß ich mit Hilfe eines recht gängigen literarischen Kunstgriffs herauszufinden suche, wie echt seine Vorliebe für die Farbe Grün ist, mit der er sich immer so aufgespielt hat. Lassen Sie mich das näher erklären: Die Blätter, die im Frühling und im Sommer grün sind, verfärben sich im Oktober gelblich und verwelken im Winter. Trotzdem stellen die Leute, wenn sie an Blätter denken, sich diese fast immer grün vor. Die Folgerungen Don Demetrios werden also mehr oder minder folgende sein: »Die Blätter sind grün. Grün ist meine Lieblingsfarbe. Die Blätter wachsen aus den Zweigen. Die Zweige sind daher fundamental, zumindest für mich, verschaffen sie mir doch das Grün, das ich liebe.« Finden Sie nicht, Bautista, daß dies ein faszinierendes Spiel ist? Jubeln wir jedoch nicht zu früh. Es kann sein, daß Don Demetrios Überlegungen sich auf ganz anderen Pfaden bewegen. Nehmen wir einmal an, daß der Herr Graf, der seinem eigenen Schatten mißtraut, wie ich Ihnen schon sagte, hinter meiner Frage irgend etwas wittert. Es will ihm nicht in den Kopf, daß ich nach zwanzig Jahren Schweigen in die Welt zurückkehre, um ausgerechnet ihn zu fragen, ob frische Zweige fundamental sind oder nicht. Er grübelt und grübelt, erwägt jedes Für und Wider, liest den Brief wieder und wieder und stellt schließlich fest, daß da und dort ein ›und‹ fehlt und daß alle Umlaute sich in ein i verwandelt haben. Dies könnte er anhand der einfachsten Wörter entdecken, die eben deshalb um so schwerer zu tarnen sind. Zum Beispiel bei Vokabeln wie dem Adjektiv schön (im Brief schin) oder bei den Substantiven Öl (im Brief Il) oder Käse (Kise in dem Schreiben). »Ei sieh da!« wird er sodann ausrufen, sich mit der flachen Hand an die Stirn schlagend und sich für den klügsten Mann der Welt haltend. »Dieser diabolische Marquis, den der Teufel holen soll, will mich in den Wahnsinn treiben! Er hat frische statt Frösche geschrieben!« Und da steht er plötzlich vor einem großen, echten Geheimnis: »Sind Frösche fundamental, lieber Graf?« Seien Sie kein Flegel, Bautista, schnauben Sie nicht so. Und hören Sie auf, den Kopf zu bewegen, als würden Sie dem Himmel danken. Denken Sie nicht, daß von jetzt an alles kinderleicht sein wird. Mitnichten. Der Herr Graf wird weiterhin zweifeln; es wird ihm ebensowenig leicht fallen, die passende Antwort auf die neue Frage zu finden. Ich sagte Ihnen ja bereits, daß Don Demetrio kein sehr gebildeter Mann ist. Um sich einen sicheren Ausgangspunkt zu verschaffen, wird er als erstes in Erfahrung zu bringen suchen, was unter fundamental zu verstehen ist. Und auf der Suche nach der offiziellen Definition wird er sich genötigt sehen, das Wörterbuch zu konsultieren. Fundamental, wird er sodann lesen, ist das, was als Fundament dient. Fundament: Zement eines Gebäudes, Grundlage, Ursprung einer Sache. »Was haben Frösche mit Zement und mit Gebäuden zu tun«, wird er sich fragen. »Was haben sie mit den Grundlagen und Ursprüngen der Dinge zu tun?« Schließlich wird er jedoch begreifen, daß das Adjektiv fundamental, etwas ungenau vielleicht, gewöhnlich auch auf Dinge Anwendung findet, die als notwendig betrachtet werden. In diesem Sinne ist zum Beispiel die Luft fundamental, weil sie notwendig ist. An diesem Punkt stellt sich die Frage im

Kopf Don Demetrios folgendermaßen: Sind Frösche notwendig? Die Zweifel des unglücklichen Grafen werden sodann ihren Höhepunkt erreichen. Lachen Sie nicht, Bautista, denn ohne Zweifel gibt es keinen Fortschritt. Niemand, der zunächst nicht zweifelt, vermag später die Wahrheit zu erkennen. Anstatt sich also über die Drangsal des Herrn Grafen lustig zu machen, versetzen Sie sich lieber an seine Stelle und versuchen Sie, diese Frage zu beantworten: Sind Frösche fundamental oder notwendig? Sie sind unverbesserlich, wieder haben Sie die Achseln gezuckt. Meine Ermahnung soeben war nutzlos. Aber so sind sie, die Leute Ihrer Klasse. Sie provozieren und konfrontieren uns mit den schwerwiegendsten Fragen und verlangen so rasch wie möglich klare Antworten. Wenn aber sie es sind, die antworten sollen, dann beschränken sie sich darauf, die Achseln zu zucken. Kurzum, einmal mehr werde ich es sein, der versuchen wird, die Unbekannte zu bestimmen. Es ziemt sich nicht für einen Edelmann, den Stein zu werfen und dann die Hand zu verbergen. Sind Frösche fundamental? Lassen wir als erstes jene glühwürmchenfressenden Frösche beiseite, von denen ich zuvor gesprochen habe. Sie sind nicht einmal der Mühe wert, berücksichtigt zu werden. Beschränken wir uns auf die gemeinen Frösche, auf die eßbaren, die in unseren Breiten am häufigsten sind. Sind eßbare Frösche fundamental? Um die Frage richtig beantworten zu können, wollen wir die biologische Entwicklung dieser Tiere Schritt für Schritt verfolgen. Begeben wir uns an den Anfang. Wenn sie aus dem Ei schlüpfen – denn Frösche entstehen, wie die Hühner, aus einem Ei –, haben diese grotesken Geschöpfe weder Augen noch Mund. Sie haben nicht einmal einen Anus. Sie können sich lediglich eines kleinen Kiemenansatzes rühmen. Es liegt auf der Hand, daß der kleine Frosch sich in diesem Stadium nicht als fundamental betrachten kann. Lassen wir jedoch die Zeit für sich arbeiten und einige Tage vergehen. Der junge Frosch lebt auf dem Schleim, der die Masse der Eier umgibt. Zu beiden Seiten des Kopfes beginnen ihm jetzt Kiemen zu wachsen. Er hat noch immer keinen Mund, aber unter dem Kinn wächst ihm ein Haftorgan, mit dessen Hilfe er sich an den Wasserpflanzen festhalten kann. Schließlich ersetzen die inneren Kiemen die äußeren, und es bildet sich der Mund, mit vielen Zahnreihen. Das Haftorgan verschwindet, und mittels eines Schwanzes, der mit einer Rücken- und einer Bauchflosse versehen ist, kann das Tier jetzt schwimmen. In dieser Phase seines Lebens heißt es Kaulquappe. Kann man sagen, daß diese Kaulquappe fundamental ist? Ich weiß nicht, wie Sie darüber denken, Bautista, aber ich glaube es nicht. Man denke zum Beispiel nur daran, daß man von unbedeutenden Menschen – von Menschen also, die nicht fundamental sind – sagt, sie sehen aus wie eine Kaulquappe. Ziehen wir jedoch keine voreiligen Schlüsse und lassen wir noch ein paar Tage verstreichen. Einem Kometen gleich, der seinen Schweif hinter sich herzieht, gleitet die Kaulquappe über das flüssige Firmament des Teiches. Ihr wachsen die vier Beine, zuerst die hinteren, dann die vorderen. Schwanz und Kiemen verschwinden allmählich, der junge Frosch nimmt das Land in Besitz und kann sich schließlich als erwachsen betrachten. Dennoch bleibt das Wasser auch weiterhin die notwendige Grundlage seines Lebens. Dort legt er seine Eier ab und findet bei Gefahr Zuflucht. Und dort auch findet er Ruhe, Erholung und Liebe. Nun ist er großjährig. Kann man ihn jedoch als fundamental betrachten? Beherrschen Sie sich, Bautista, unterdrücken Sie Ihr Gähnen. Verbergen Sie Ihren Hang zur Unwissenheit besser, oder ich werde am Ende noch zornig. Schließen wir die Untersuchung dieses Punktes jetzt ab. Ich wiederhole: Können erwachsene Frösche als fundamental betrachtet werden? Wir wollen der Reihe nach vorgehen und, da wir eine eßbare Froschart ausgewählt haben, die Frage zunächst einmal vom gastronomischen Gesichtspunkt aus betrachten. Ist diese Froschart für das Gaststättengewerbe unverzichtbar? Ich glaube, aufrichtig gesagt, nicht. Zwar servieren etliche Restaurants Froschschenkel als eine ihrer großen Spezialitäten, aber ich glaube nicht, daß die Rentabilität und das Überleben dieser Restaurants davon abhängen, ob sie ein so umstrittenes Gericht auf ihrer Speisekarte führen oder nicht. Weder von diesem Gericht noch von irgendeiner anderen kulinarischen Verkünstelung. Übertreiben wir die Dinge nicht. Machen wir es nicht wie diese Flegel, die mit verdrehten Augen von unvergeßlichen Käsesorten und liturgischen Schinken sprechen. Die Dekadenz des Menschen begann an dem Tage, da er in derlei Übertreibungen zu verfallen begann. Da haben Sie zum Beispiel Heliogabal, einen römischen Imperator, der sich bei seinen Festgelagen Nachtigallenherzen und Straußenhirne auftischen ließ. Was lehrt uns heute die Geschichte Heliogabals? War nicht gerade seine Herrschaft die Herrschaft von Aberglauben und Ausschweifung? Und endete dieses ruchlose Monstrum nicht durch die Hand seiner eigenen Prätorianer? Kurz und gut, Bautista, manchmal wage ich zu denken, daß die Frösche fundamental wären, wenn die Menschen über kein anderes Nahrungsmittel verfügten. Sie wären zum Beispiel fundamental gewesen für jene englischen Kinder, die mitten in der industriellen Revolution den Schweinen das Futter wegstahlen. Doch seitdem sind viele Jahre vergangen, und niemand braucht den Tieren mehr das Futter zu stehlen. Die Menschen leiden keinen Hunger mehr, das alte Problem wurde gemeistert ... Wie? Sie sagen nein? Ist das möglich? Ich gebe zu, Bautista, daß die Mauern dieses Schlosses sich manches Mal – und für manche Dinge – als recht hoch erweisen. Mein abgeschiedenes Dasein hat schon viel zu lange gedauert. Was mag draußen vor sich gehen? frage ich mich immer häufiger. Was machen die Menschen heute? Sind sie immer noch in absurde Kriege verwickelt? Haben sie endlich all das erreicht, wonach sie sich seit Jahrtausenden sehnen? Ich möchte das alles selbst in Erfahrung bringen, Bautista, denn weil ich mißtrauisch bin, halte ich immer weniger auf das, was die Zeitungen schreiben. Ich glaube also, daß der Tag meiner Wiederbegegnung mit der Welt immer näherrückt. Ich möchte nicht in diesem Schloß sterben, weit entfernt von allen, ohne Verbindung mit meinem Nächsten. Sie werden jedoch verstehen, daß ich nach so vielen Jahren der Zurückgezogenheit einige Vorsichtsmaßnahmen treffen muß, bevor ich zurückkehre. Darum halte ich jetzt den Moment für gekommen, die ersten Brücken zu schlagen und Briefe zu schreiben, die meine Wiederbegegnung mit denen vorbereiten, die, von Fragen der Herkunft und des Standes jetzt einmal abgesehen, immer noch meinesgleichen sind. Die zwanzig Jahre meiner Weltabgeschiedenheit waren indes keine Laune. Ich versichere Ihnen, Bautista, daß ich viele und gewichtige Gründe hatte, mich von der Welt zurückzuziehen. Es war dies keine Entscheidung, die ich ohne Sinn und Verstand getroffen habe. Ganz im Gegenteil, ich habe das Für und Wider sorgfältig gegeneinander abgewogen. Die Einsamkeit, sagte ich mir eines Tages, ist meine große Zuflucht. Und ich überließ mich ihr, so wie ein Jüngling sich seiner ersten Liebe hingibt. Ich dachte zum Beispiel, daß die Einsamkeit mich lehren würde zu sterben und daß ich in ihrem Spiegel die ganze Erhabenheit Gottes erschauen könnte. Damals hörte ich auf, ein Schmetterling zu sein, und verwandelte mich in einen Regenwurm, in einen unterirdischen Arbeiter, der sich in der Dunkelheit bewegen muß. Sie lächeln, Bautista? Verachten Sie die Regenwürmer? Sie tun unrecht. Nicht allen Menschen ist Verachtung gestattet. Und falls Sie es nicht wissen, so sage ich Ihnen, daß wenige Lebewesen bekannt sind, die nützlicher wären als der Regenwurm. Er arbeitet ohne Eile noch Weile. Kraft der Muskulatur seines Körpers kann er, ohne Hilfe von Kinnbacken oder Klauen, lange Tunnelgänge in der Erde graben. In die Tiefe seines Schlupfwinkels transportiert er trockene Blätter und verfaulte Stengel. Den ganzen Tag ißt er Erde, die er in seinem langen Verdauungstrakt auflockert. Er vermischt die Erde mit Säuren, Salzen, Fermenten, Vitaminen und Hormonen und scheidet sie wieder aus in Form von dünnen Schlangenlinien. Darin entwickeln sich alsbald unzählige Lebewesen, die den Pflanzenwuchs fördern werden. Der Regenwurm, Bautista, hat nicht einmal Augen. Er könnte wenig anfangen im Land der Sonne. Sein Platz ist in der Finsternis. Er tröstet sich jedoch mit dem Gedanken, daß dort, wo Finsternis herrscht, immer der Pulsschlag einer undefinierbaren Größe zu spüren ist … Ich weiß nicht, ob Sie das alles verstehen können, Bautista. Trotzdem sage ich Ihnen, daß man uns – den Regenwurm und mich, Ihren Herrn – nicht noch einmal wird täuschen können mit den Verlokkungen eines glanzvollen gesellschaftlichen Lebens. Ich werde in mein Jahrhundert zurückkehren, das scheint nunmehr außer jedem Zweifel zu stehen, aber ich werde es mit der Sanftmut und Weisheit eines demütigen Eremiten tun, der nach langen Jahren der Einsamkeit und Buße zurückkehrt. Sie lächeln noch immer? Machen Sie, was Sie wollen. Heute morgen fühle ich mich zu großmütig, um Sie auf die Folterbank zu schicken. Kehren wir jedoch zum Thema der Frösche zurück. Ich glaube trotz allem nicht, daß sie unter dem gastronomischen Gesichtspunkt, mit dem wir uns gerade befaßt haben, als fundamental betrachtet werden können. Gott verzeih mir, daß ich so viele Umstände gemacht habe, um eine so einfache Sache zu sagen. Gehen wir jetzt weiter, und betrachten wir die Frösche unter dem Blickwinkel der Vorteile, die sie der Landwirtschaft bringen. Kann man sagen, daß sie auf diesem Gebiet fundamental sind? Kann man behaupten, daß die Frösche der Zement sind, auf dem sich das Gebäude der Landwirtschaft erhebt? Ich würde das für übertrieben halten. Gewiß erweisen sie dem Bauern große Dienste, ich will ihnen nicht unrecht tun. Ich glaube jedoch nicht, daß wir in Übertreibungen verfallen sollten. Machen wir's nicht wie der eine, der drei Perücken trug oder keine. Die Frösche lassen sich beim besten Willen nicht als fundamental betrachten. Und zweifellos wird dies auch die abschließende Überlegung des Herrn Grafen sein, der, nebenbei bemerkt, kaum je etwas für die Probleme des Ackerbaus übrig hatte. »Frösche sind nicht fundamental«, wird er sich also sagen. »Sie sind es nicht, weil die Welt, auch wenn sie nicht existierten, sich mit der größten Gelassenheit weiterdrehen würde.« Und vielleicht wird der arme Mann bei dieser Schlußfolgerung einen ebensolchen Stolz empfinden wie Galileo ihn empfunden haben mochte, als er die Behauptung aufstellte, die Erde würde sich um die Sonne drehen und nicht umgekehrt. Sie wissen ja, wie das so ist, Unwissenheit neigt stets dazu, sich zu bewundern. Ich meine natürlich Don Demetrio und nicht Galileo. Es ist auch möglich, daß er, im Gefühl seines Scharfsinns, an diesem Punkt beschließt, eine Pause in der Lektüre des Briefes einzulegen. Vielleicht wird er tief durchatmen und, auf der Suche nach einer kleinen Ablenkung, seine ganze Aufmerksamkeit auf Sie konzentrieren. Er wird sich mit der Hand über die Stirn fahren und ohne erkennbaren Grund ein Lächeln versuchen, nur um zu zeigen, daß er nicht lokker läßt und um nichts in der Welt vor meiner Handschrift kapitulieren wird. Bedenken Sie, Bautista, daß Leute, die sich für bedeutend halten, sich nicht den Luxus gestatten können, ihren ganzen Kummer vor den anderen zur Schau zu tragen. Im Gegenteil, sie müssen größte Sorgfalt auf den Beweis verwenden, daß sie über den Problemen stehen. Kurz und gut, bedenkt man es recht, dann wäre es nicht weiter verwunderlich, wenn er sogleich eine nichtssagende Miene aufsetzte und mit Ihnen über das Wetter zu sprechen begänne, denn davon spricht man gewöhnlich, wenn einem kein interessanteres Thema einfällt. Während er den Brief als Fächer benutzt – eine weitere Form, zu zeigen, wie kalt ihn dieser läßt –, wird er Sie fragen: »Finden Sie nicht, daß dieser Sommer recht frisch ist?« Es kann auch sein, daß er sich für mich interessiert, nach all den Jahren, in denen er nichts von mir gehört hat. »Und was macht der Herr Marquis jetzt?« wird er Sie mit gleichgültiger Miene fragen. »Hat er schon alle Zähne verloren? Hat er noch Haare? Werden Sie mir jetzt sagen können, weshalb er seit so vielen Jahren tief in seinem Schloß vergraben lebt?« In diesem Fall müssen Sie Ihre Antwort sehr sorgfältig abwägen, Bautista. Natürlich erwähnen Sie nicht, was ich Ihnen soeben über den Regenwurm gesagt habe. Es macht sich nicht gut, wenn gerade Marquesen sich mit Regenwürmern vergleichen. Erfinden Sie eine Geschichte, die mich in einem guten Licht erscheinen läßt. Erwähnen Sie zum Beispiel die Fruchtbarkeit des kontemplativen Lebens. Oder den Abscheu, den mir unser Jahrhundert einflößt. »Sehen Sie, Don Demetrio«, können Sie ihm erklären, »mein Herr hat noch alle seine Haare und alle seine Zähne. Schließlich ist er etwas jünger als Sie, vergessen Sie das nicht. Und was seine Entscheidung betrifft, sich in seinem Schloß zu vergraben, so hatte er seine Gründe, das können Sie mir glauben.« Nehmen wir einmal an, daß der Herr Graf zu wissen wünscht, welches diese Gründe waren. Wir können ihm Gründe in Hülle und Fülle liefern, das ist sicher, ich ziehe es jedoch vor, die Sache mit den Blutegeln anzuführen. Eine höchst symbolische Geschichte. »Vor zwanzig Jahren«, so erklären Sie ihm, »war mein Herr in der Stadt. Des Morgens, als er aus dem Hotel trat, fand er die Straße voller Blutegel. Schauerliche Kreaturen, groß und dick wie ein Männerarm, von dunkelgrüner Farbe. Einige krochen an der Bordkante entlang, ohne sich auf den Bürgersteig zu wagen. Andere hingegen waren die Straßenlaternen hinaufgekrochen, wo sie reglos verharrten, von ihren unteren Saugnäpfen gehalten, den Körper in die Luft gereckt. Meinen Herrn« – so erklären Sie ihm weiter – »überraschte die Gelassenheit, mit der die Leute dem Phänomen begegneten. Alle schienen an die Anwesenheit dieser monströsen Geschöpfe gewöhnt zu sein. Das Leben ging seinen normalen Gang. Die Geschäfte waren geöffnet (die öffentlichen Transportmittel waren in Betrieb), die Kinder liefen zur Schule und auf den Straßen umher, kurz, eine eilige Menschenmenge ging ihren Beschäftigungen nach. Mein Herr« – so sagen Sie ihm weiter – »gewahrte, daß Bekannte einander mit einem resignierten Lächeln grüßten, und daß alle (Alte, Erwachsene und Kinder) auf den Bürgersteigen liefen, wobei sie, an den Häuserwänden Schutz suchend, sich so weit wie möglich von der Fahrbahn (das heißt so weit wie möglich von den Blutegeln) entfernt hielten. Dieser Umstand« – an diesem Punkt erklären Sie Don Demetrio, daß ich Ihnen die Geschichte viele Male erzählt habe und Sie sich deshalb so genau erinnern –, »dieser Umstand, so sagte ich, erzeugte bei den Fußgängern eine eigenartige Verwirrung, die sogar komisch hätte sein können, wäre sie nicht durch diese abscheulichen Kreaturen hervorgerufen worden. An einer Straßenecke stieß ein dicker Mann (einer dieser kurzsichtigen Jungwale, die meinen, die Welt gehöre ihnen) mit einem paketbeladenen Jungen zusammen (ein Ladengehilfe, dünn wie eine Zuckermandelstange). Infolge des Zusammenpralls stürzte der Junge und rollte an den Fuß einer Straßenlaterne. In Sekundenschnelle heftete der Blutegel seine Saugscheibe an die Wange des Milchbarts, ohne daß die Vorübergehenden versucht hätten, dies zu verhindern. Der Vorfall ereignete sich gegenüber einem Kolonialwarengeschäft (mein Herr erinnert sich ganz genau an diese Einzelheit), und zwei Minuten später (als der Junge schon das Bewußtsein verloren hatte), näherte sich der Besitzer des Ladens dem Ungeheuer und bestreute dessen Körper mit einem großen Paket Salz. Zwei andere Männer – der Dicke und noch einer – packten den Jungen an den Fußknöcheln, zogen ihn fort und befreiten ihn endlich von den Saugnäpfen. Sie können sich den Schrecken meines Herrn vorstellen, Don Demetrio« – ergänzen Sie, nachdem Sie Atem geschöpft haben –, »der diesem Drama voll Entsetzen beiwohnte. Er eilte in sein Hotel zurück, wo der Portier, der ihn eintreten sah, ihm einige Erklärungen zu geben wünschte. ›Ich verstehe, daß Sie empört sind‹, sagte er zu ihm. ›Sie müssen jedoch wissen, daß diese Blutegel schon einen Teil unserer Gemeinschaft bilden. Wir sind so sehr an sie gewöhnt, daß es uns Mühe kosten würde, auf sie zu verzichten. Sie kommen, saugen sich voll Blut und verschwinden. Dann kommen wieder andere, und der Kreis beginnt von neuem. Am Anfang ernährten sie sich von einer gemischten Kost aus Schnecken, Insekten und Krustentieren, doch jetzt ziehen sie unser Blut vor.‹ Mein Herr hob angstvoll die Hände. ›Und niemand wehrt sich?‹ rief er aus. ›Niemand protestiert? Niemand erhebt Einspruch?‹ Der Portier zuckte die Achseln. ›Das Schlimmste ist‹, fuhr er fort, ›wenn« man sieht, wie sie sich vor aller Augen fortpflanzen. Diese Viecher sind Hermaphroditen, sie haben nicht einmal ein eindeutiges Geschlecht.‹ Als mein Herr diese Worte hörte«, so erzählen Sie weiter, »fühlte er sich einer Ohnmacht nahe. ›Sie können ab sofort über mein Zimmer verfügen‹, sagte er. ›Noch heute verlasse ich diese entsetzliche Stadt.‹ Und von da an beschloß er, zurückgezogen in seinem Schloß zu leben ...« Das alles erklären Sie Don Demetrio, Bautista. Und ich versichere Ihnen, daß der Herr Graf, wenn Sie nur den richtigen Ton treffen, kaum zu atmen wagen wird, während er Ihnen zuhört. Vielleicht wird er Sie schaudernd fragen: »Welche Stadt war das?« Sie geben sich jedoch keine Blöße. »Die Stadt«, antworten Sie, ohne einen Namen zu nennen. Denn letztendlich können diese Blutegel in jeder beliebigen Stadt auftreten. Tatsächlich sind sie schon in vielen aufgetreten. »Damit will ich Ihnen sagen«, ergänzen Sie zusammenfassend,

»daß der Herr Marquis eine Menge Gründe hatte, der Welt zu entsagen, sich in sein Schloß zurückzuziehen und sich den Anblick von soviel Unbill zu ersparen.« Wenn Sie ihm all das sagen, Bautista, werden Sie mich in einem guten Licht erscheinen lassen. Ich sehe Don Demetrio geradezu vor mir, wie er Sie voll Bewunderung anschaut, weil Sie würdig sind, einem Menschen meiner moralischen Integrität zu dienen. Tief beeindruckt durch die Parabel der Blutegel, wird er die Lektüre des Briefes mit frischer Begeisterung wiederaufnehmen. Was aber erwartet ihn, nach meiner Frage über die Frösche? Ich kann mich nicht gut erinnern, Bautista, aber ich glaube, daß ich mir von da an nicht einmal mehr die Mühe gemacht habe, mein Gekritzel in irgendeine Ordnung zu bringen. Ich habe mich darauf beschränkt, die Wörter aufs Geratewohl aneinanderzureihen, wie sie mir in den Sinn kamen, ohne mich an irgendeine syntaktische Regel zu halten. Garantieren kann ich Ihnen jedoch – wenn es mich auch schmerzt, Ihnen das sagen zu müssen –, daß er zwei Minuten, nachdem er die Lektüre wiederaufgenommen hat, erneut zutiefst irritiert sein wird. Was kann dann geschehen? Wir wollen genau sein und die Tatsachen in eine chronologische Reihenfolge bringen. Erstens: Don Demetrio findet seine ganze schlechte Laune wieder, wenn er feststellen muß, daß die Schwierigkeiten des Briefes nach der Frage über die Frösche nicht etwa geringer werden, sondern sich noch vermehren. Zweitens: Er richtet einen zornigen

Blick auf Sie, den unseligen Briefträger, und schickt sich an, seine ganze Wut an Ihnen auszulassen. Drittens: Er hebt die siebenschwänzige Peitsche über Ihren Kopf. Viertens: Wenn sein Blick zu Boden fällt, entdeckt er die beiden Frösche, die Sie gerade freigelassen haben. Die Frage, der wir uns jetzt gegenübersehen, ist folgende: Können die Frösche, die, wie wir zuvor gesehen haben, für Don Demetrio nicht fundamental sind, ihm die verlorene gute Laune wiederbringen? Werden sie genügen, um ihn zu bewegen, die Peitsche zu senken? Kann, was wir nicht als fundamental erachten, uns etwa Friedlichkeit und Fröhlichkeit zurückbringen? Auch in diesem Fall ist Vorsicht geboten. Geben wir auch jetzt keine voreilige Antwort, ohne zuvor alles bedacht zu haben. Hier sind zwei Überlegungen möglich. Erstens: Die Frösche sind nicht fundamental, aber doch bedeutend genug, um dem Herrn Grafen seine Gemütsruhe zurückzugeben. Zweitens: Die Frösche sind nicht fundamental, wohl aber ihre grüne Farbe. Damit kehren wir wieder, wie Sie sehen, zum Ausgangspunkt zurück: Die Frösche, die Sie fangen, müssen grün sein. Sie wären uns zu nichts nütze, wenn sie nicht grün wären. Im Grunde genommen erscheinen mir die Frösche jetzt gar nicht mehr als unverzichtbar. Wir könnten jedes andere Tier oder Ding zu Hilfe nehmen, wenn es nur grün ist. Wir könnten zum Beispiel eine Henne nehmen. Ja, ja, ich weiß schon, Sie brauchen es mir nicht zu sagen. Es gibt keine grünen Hennen. Und gäbe es sie, dann könnten Sie sie nicht in die Tasche stecken. Sie sind auch nicht die geeignetsten Tiere, um in den vergoldeten Salons eines Schlosses losgelassen zu werden. Grübeln wir also nicht weiter darüber nach und lassen wir es bei den Fröschen bewenden. Kehren wir zur Sache zurück. Verlieren wir nicht unsere Zeit damit, die Reaktionen eines Mannes vorauszusehen, auf den im gegebenen Augenblick eine Unzahl unvorhersehbarer Kräfte einwirken können. Logik ist gut, wenn es um Argumentationen geht, im Leben kann sie uns jedoch in die Irre führen, denn das Leben ist wie ein Krug mit zwei Henkeln. Begnügen wir uns also mit den Fröschen, denn besser ein gewohntes Übel als eine trügerische Hoffnung. Das Schlimmste ist, Bautista, daß mit den Fröschen ja nicht alles getan ist. Da gibt es Probleme, die wir bislang noch gar nicht in Betracht gezogen haben. Stellen Sie sich zum Beispiel vor, Don Demetrio hat Sie, ausgestreckt auf seinem Kanapee, empfangen. Er nimmt den Brief entgegen, den Sie ihm reichen, und in der Ahnung, daß die Lektüre recht lange dauern wird, weist er Ihnen einen Lehnstuhl an und fordert Sie auf, sich zu setzen. Was sollen Sie in diesem Fall tun? Der Einladung Folge leisten? Sie mit einem höflichen, aber bestimmten Lächeln ablehnen? Ein schönes Dilemma. Ich persönlich würde Ihnen raten, sich nicht zu setzen und die ganze Zeit, die der Herr Graf mit der Lektüre des Briefes zubringt, stehenzubleiben. Letztendlich ist das die Haltung, die sich für einen Dienstboten in

Anwesenheit seines Vorgesetzten am ehesten ziemt. Es gibt keine andere. Und kommen Sie mir jetzt nicht mit dummem Geschwätz über die Französische Revolution, denn wir alle wissen, daß es keine Revolution gibt, die einen Götzen gestürzt hätte, ohne einen anderen auf den Thron zu heben. Die einzige Revolution, die mich beunruhigt, ist die der Zeit, die vergeht und damit unsere Aussichten, endlich glücklich zu sein, immer geringer werden läßt. Ich meine daher, daß Sie sich nicht setzen sollten. Doch Vorsicht, die Dinge sind nicht so einfach. Und wenn Don Demetrio nun gekränkt wäre, weil Sie eine Einladung ablehnen, die er in bestem demokratischem Geist an Sie gerichtet hat? Analysieren wir diese Frage in aller Nüchternheit, lassen wir nicht zu, daß die Leidenschaft uns blind macht. Stellen Sie sich vor, der Herr Graf bietet einer Person seines Standes einen Platz an, und diese, aus welchem Grunde auch immer, lehnt das Angebot ab. Was könnte in diesem Fall passieren? Nichts. Ein Fall von gegensätzlichen Ansichten unter Gleichen, nichts weiter. Wenn aber Sie es sind, ein Diener, der die Einladung ablehnt, dann ändert sich die Sache. Ihre Weigerung, Platz zu nehmen, käme einer Art Rebellion gleich. Denn Sie müssen wissen, mein Freund, daß es selbst in der Demut den Stolz gibt, nicht stolz zu sein. Sie verstehen mich. Personen Ihres Standes steht nicht einmal das Recht zu, gnädige Konzessionen abzulehnen. Sie müssen sie bereitwillig annehmen, mit einem Lächeln. Ich glaube nicht, daß sich die gesellschaftlichen Strukturen in all den Jahren so geändert haben. Ihre Lage wäre also recht heikel. Was tun? Ablehnen? Annehmen? Stehenbleiben? Platz nehmen? Sie sehen, wie sich die einfachsten Dinge komplizieren, sobald wir ihnen auf den Grund gehen. Kurz und gut, ich meine, ohne jetzt noch weitere Überlegungen anzustellen, Sie sollten, nachdem der Herr Graf Ihnen einen Lehnstuhl angeboten und sich in die Lektüre des Briefes vertieft hat, eine Zwischenhaltung zwischen Sitzen und Stehen einnehmen. Eine solche Haltung wäre am unverfänglichsten. Wären Sie aber dazu fähig? Und wären Sie selbst dazu fähig, könnten Sie dann eine oder zwei Stunden so verharren, alle Muskeln angespannt, wie ein Skifahrer, jedoch ohne Ski zu fahren? Ich glaube, ehrlich gesagt, nicht, besonders wenn wir bedenken, daß Sie ein Bein haben, das kürzer ist als das andere. Dieser Umstand würde die Dinge für Sie unzweifelhaft noch komplizierter machen. Kurz und gut, Bautista, bleiben Sie stehen, das ist der beste Rat, den ich Ihnen geben kann. Lehnen Sie die Einladung, wenn sie erfolgen sollte, mit einem liebenswürdigen Lächeln ab. Führen Sie irgend etwas zu Ihrer Entschuldigung an, das Ihnen verbietet, sich zu setzen. Zum Beispiel ein Karbunkel am Allerwertesten. Oder ein Furunkel, was Sie lieber haben. Verharrren Sie indes in der Haltung, zu der ich Ihnen am Anfang geraten hatte: aufrecht, den Blick auf den Boden geheftet, die Arme fest an beide Körperseiten gepreßt und die Hände halb geöffnet. Ihre Fingerkuppen müssen die Hosennaht berühren. Nicht mit der Starrheit und der martialischen Miene eines Soldaten, sondern vielmehr mit jenem halb ernsten, halb beflissenen Gesichtsausdruck, wie ihn die *Maîtres* mancher Luxusrestaurants an den Tag legen. Gewiß, Sie haben niemals den Fuß in ein Restaurant der Spitzenklasse gesetzt, aber bemühen Sie doch Ihre Phantasie, versuchen Sie, sich diesen Ausdruck vorzustellen. Schauen Sie mich nicht so an, Bautista. Sie kennen mich gut. Ich bin ein vorsichtiger Mensch und kann den Ausgang eines Vorhabens, das mir am Herzen liegt wie kaum ein anderes, nicht dem Zufall und unvorhergesehenen Ereignissen überlassen. Bevor Sie sich heute nachmittag zum Schloß von Don Demetrio begeben, muß also alles wohldurchdacht sein. Wir müssen alle Alternativen untersuchen, alle Einzelheiten analysieren, ungeachtet der Tatsache, daß das Leben, wie ich vorhin sagte, ein Krug mit zwei Henkeln ist. Denn mitunter kommt es vor, daß die unbedeutendsten Einzelheiten uns den Schlüssel für den Sieg liefern. Legen wir nun aber diesen Punkt ad acta. Sie bleiben also stehen, während der Herr Graf versucht, den Brief zu entziffern. Und Sie brauchen auch nicht den Ausdruck und das Gebaren jener *Maîtres* anzunehmen, die zu sehen Sie niemals Gelegenheit hatten. Es genügt, wenn Sie die gleiche Haltung und den gleichen Ausdruck annehmen wie in den letzten Jahren bei meinen einsamen Abendmahlzeiten. Beflissen, bereit, beim geringsten Wink von mir herbeizueilen, ohne mir indes jemals zu verstehen zu geben, daß Ihre Anwesenheit mir unentbehrlich ist. Sie können das gut, Bautista. Sie erfüllen Ihre Aufgabe als *Valet* wundervoll. Ich versichere Ihnen, daß ich an mehr als einem Abend, indes Sie neben dem Tisch standen, eingehüllt in Ihr erhabenes Schweigen, so nah und gleichzeitig meinen Problemen doch so fern, kurz davor war, Sie zu bitten, sich an meine Seite zu setzen, um das Abendessen mit mir zu teilen und gemeinsam mit mir zu lachen. Vielleicht, sagte ich mir bei diesen Gelegenheiten, vielleicht fühlt er sich genauso einsam wie ich. Vielleicht hat auch er Sorgen, die er mir gerne mitteilen würde. Habe ich mich getäuscht, als ich so dachte? Antworten Sie mir frei heraus, Bautista, denn letzten Endes sind Sie genauso der Sohn einer Mutter wie ich es bin. Haben Sie sich manchmal einsam gefühlt? Wissen Sie, was das ist? Haben Sie, wie ich, die dringende Notwendigkeit gespürt, Ihre Einsamkeit von den Zinnen dieses Schlosses in alle Winde zu schreien? Ach, Sie brauchen mir nicht zu antworten! Diese Träne, die Sie vergeblich mit der Zungenspitze aufzufangen suchen, scheint mir beredter als hundert Worte! Sie aber, mein guter Freund, haben noch nicht einmal einen Grafen, dem Sie absurde Briefe schreiben können. Ihre alten Freunde – wenn Sie einst welche hatten – dürften nicht einmal des Lesens mächtig sein. Damit sie begreifen, daß Sie sie brauchen, müßten Sie sie mit dem Hammer auf den Kopf schlagen.

Was für ein seltsames Paradox, Bautista, dem Nächsten mit Prügeln unsere ganze Einsamkeit und Verlassenheit begreiflich machen zu müssen. Meinen Sie nicht, daß dieser Widersinn eine Erklärung für die Gewalt unserer Zeit sein kann? Glauben Sie nicht, daß sich hinter so vielen roten Wolken eine seltsame Form verquerer Liebe verbirgt? Nun gut, philosophieren wir nicht weiter. Die Philosophie ist nichts weiter als ein Loch, das wir in die Wolkendecke bohren, wie man sagt. Steigen wir wieder zu unseren Angelegenheiten herab. Es gibt etwas, von dem ich nicht weiß, ob ich es Ihnen schon gesagt habe: Wenn Sie dem Herrn Grafen den Brief übergeben, dann bitten Sie ihn, beim Aufreißen des Briefes nicht auch den Absender zu zerreißen, wie es so oft geschieht. Ich wünsche, daß er gleich im ersten Augenblick meinen Namen lesen kann. Nach soviel Sorgfalt meinerseits wäre es schade, wenn Don Demetrio nicht wüßte, daß gerade ich der Absender bin. Gewiß, den Brief werden Sie überbringen, der Sie mein Diener sind, doch ich möchte nicht, daß ausgerechnet Sie sich gezwungen sehen, ihm zu erklären, wer der Absender ist. Dies erschiene mir ebenso demütigend wie sich mitten auf der Straße einem Unbekannten zu nähern, um ihm unsere Einsamkeit zu gestehen und ihm zu sagen, daß wir seine Liebe brauchen. Don Demetrio soll meinen Namen auf dem Umschlag lesen und sodann seine eigenen Schlußfolgerungen ziehen. Ohnehin sind Sie im ganzen Landstrich bekannt. Jeder, wohl auch der Herr Graf, weiß, daß Sie in diesem Schloß arbeiten. Wahrscheinlich wird Don Demetrio Sie also, ohne den Absender lesen zu müssen, mit mir in Verbindung bringen. Allerdings habe ich kein allzu großes Vertrauen in das Gedächtnis der Leute, Bautista, nicht einmal in das Gedächtnis derer, mit denen ich einst meine besten Stunden teilte. Die blasseste Tinte ist besser als das beste Gedächtnis. Es soll Sie also nicht verwundern, wenn ich mißtrauisch bin. Am wahrscheinlichsten ist, daß sich heute niemand mehr an den Marquis von W. erinnert, der zu anderen Zeiten so berühmt war. Denn ich war ein berühmter Mann, Bautista. Mehr, als Sie sich vorstellen können. Meine Überspanntheiten waren in aller Munde. Die Männer fürchteten mich, und die Frauen liebten mich. Keine Gesellschaft konnte mich entbehren. »Wie soll man mit dem Fest beginnen, wenn der Herr Marquis noch nicht eingetroffen ist?« klagten meine Gastgeber. »Wie soll man dem Orchester befehlen, die ersten Walzertakte anzustimmen, wenn er nicht da ist?« »Wie soll man die Leuchtfontäne im Garten einweihen?« Und so ging das viele Jahre lang. Eines Tages begann jedoch der Abstieg. Jeder weiß, daß an jenem Abend feindliche Kräfte am Werke waren. Ich erinnere mich, daß ich der Herzogin von K. eine reizende Begebenheit erzählte, die mir wenige Tage zuvor zugestoßen war. Ich beendete meine Geschichte, und anstatt mich mit einem faszinierenden Lächeln zu belohnen, wie ich es bis dahin von ihr gewohnt war, runzelte die Herzogin die Stirn und ließ ihren Blick in einen anderen Winkel des Salons schweifen. Doch wenige Augenblicke später lachte die Treulose, als der Baron von J. – gewissermaßen ein Emporkömmling und halb so alt wie ich – irgendeine Plumpheit über einen Gegenstand von sich gab, der natürlich völlig belanglos war. Verstehen Sie, was ich Ihnen sagen will? Heute noch, nach so vielen Jahren, glaube ich, daß dieser Vorfall den Beginn meines Niedergangs anzeigte. Ich fuhr fort, an vielen Gesellschaften teilzunehmen, indes begriff ich, daß mein guter Stern jedes Mal ein Stück weiter sank. Ich versuchte mir einzureden, daß all dies Hirngespinste von mir seien, doch schließlich faßte ich den Entschluß, diskret zu verschwinden. Da die Welt sich weigert, mir weiterhin die erste Rolle zuzuerkennen, so sagte ich mir, ziehe ich mich zurück. Und das tat ich dann auch. Ich vergrub mich in diesem Schloß. Ich begriff, daß die Zeichen der Zeit sich geändert hatten, und wußte mich damit abzufinden. Ich wollte mich meinen jugendlichen Rivalen nicht mehr länger zum Kampf stellen, ich wagte nicht, mich der Gefahr erneuter Niederlagen auszusetzen. In den ersten Tagen meines zurückgezogenen Daseins vertraute ich noch darauf, daß jemand – irgendein guter Freund, irgendeine geliebte Frau – käme, mich zu retten. Niemand tat es. Seelenruhig ließ man es geschehen, daß ich mich allmählich in ein Fossil verwandelte. Und so lebte ich weiter zwischen diesen vier Wänden, ohne mich je auch nur zwischen den Zinnen erspähen zu lassen, den Blick in sehnsuchtsvolle Landschaften gerichtet. Der menschliche Ruhm, Bautista, ist keine Haselnuß wert. Aber ich bewahre mir noch einige Erinnerungen, niemand vermag mich ihrer zu berauben. Obendrein habe ich reichen Ersatz. In vielen Nächten, während Sie schlafen, lehne ich mich aus irgendeinem Fenster, betrachte das Firmament und mache eine Reise durch die Sterne. Am Tage suche ich bei zugezogenen Fenstervorhängen Zuflucht bei meinen Insektenbüchern, aus denen ich so viele Dinge gelernt habe. Ihnen brauche ich es ja nicht zu sagen, Bautista, Sie wissen ganz genau, wie viele Stunden ich mit Lesen verbringe. Schütteln Sie nicht den Kopf. Die Insekten bilden gleichsam einen irdischen Sternenhimmel. Ein Bienenkorb schließt so viele Wunder in sich wie eine Galaxie. Die Bienen sind indes nicht die einzigen. Da gibt es zum Beispiel die Eintagsfliegen. Gehen Sie einmal am Abend, bei Sonnenuntergang, in den Garten und setzen Sie sich an den Teich. Die Eintagsfliegen fliegen zu Abertausenden auf. Lernen Sie die Lektion, die diese winzigkleinen Geschöpfe uns erteilen. Die Fülle ihres Lebens dauert nur wenige Stunden. Sie können sich nicht einmal den Luxus des Nachdenkens gestatten. Sie sind gezwungen, zu handeln. Sie haben keinen Mund oder nur einen rudimentären. Sie haben nicht einmal ein Verdauungssystem als solches. Sie brauchen nicht zu essen. In einem Augenblick werden sie die Energien aufzehren, die sie in den drei oder vier

Jahren ihres Lebens als Larve im Wasser des Teiches gespeichert haben. Alles ist seit Millionen von Jahren wohlbedacht, Bautista. Der Abend dämmert, und die Eintagsfliegen fliegen empor. Sie bilden einen dichten Schwarm. Diejenigen, welche das Glück haben, ein Weibchen zu finden, trennen sich mit diesen von der Gruppe und paaren sich schweigend. Kein Wort zuviel, kein Seufzer. Und auch keine Vorwürfe. Keine Versprechen. Das Leben, das sie gerade erst begonnen haben, ist für sie schon zu Ende. Die Nacht bricht herein; das Weibchen, mit Eiern beladen, taucht hinab in das Wasser des Teiches und legt sie ab unter einen Stein. Sie wird nie wieder auftauchen. Ihre Gefährtinnen fallen ebenfalls, mit entfalteten Flügeln, zu Tausenden herab. Alles geht dem Ende zu. Doch das Wunder der Fortdauer der Gattung ist schon im Gange. Was halten Sie von dieser sublimen Lektion, Bautista? Glauben Sie nicht, daß diese Insekten Menschen wie mir, die verschwinden, ohne eine Spur zu hinterlassen, ein erhabenes Beispiel geben? Schenken Sie also dem Leben, das um Sie herum wimmelt, etwas mehr Aufmerksamkeit, und Sie werden an Weisheit zunehmen. Und wenn Ihnen die Insekten nicht gefallen, dann heben Sie den Blick zum Himmel. Beobachten Sie den Zickzackflug der Fledermäuse. Fällen Sie kein ungerechtes Urteil über ihre Häßlichkeit. Bedenken Sie, daß viele dieser Geschöpfe tapfer dem Sonnenlicht trotzen, um sich dem Flug der Zugschwalben anschließen zu können. Der Vogelzug ist vorbei, ihre

Häßlichkeit bleibt. Aber rührt Sie nicht die Naivität dieser Geschöpfe, die glauben, daß die Schönheit der Schwalben etwas Ansteckendes ist? Sie sehen schon, Bautista, ohne dieses Schloß zu verlassen, verfüge ich über meinen eigenen Vorrat an Wundern. Um so beklagenswerter ist es daher, daß ich mich trotz allem einsam fühle. Besonders in den letzten Monaten. Die Einsamkeit beginnt, mir schmerzhaft zu werden, mein Freund, und bisweilen glaube ich, daß ich nahe daran bin, verrückt zu werden. So kommt der Augenblick, da der Einsame sein hübsches Insektenbuch zuschlägt und sich daran macht, verzweifelte Briefe zu schreiben, obgleich er im vornherein weiß, daß er niemals eine barmherzige Antwort erhalten wird. Das ist der Grund – ich entsinne mich nicht, ob ich Ihnen zuvor einen anderen genannt habe –, weshalb ich es vorziehe, daß mein Brief unverständlich ist. Wenn ich keine Antwort erhalte, dann deshalb, so werde ich denken, weil man mich nicht verstehen konnte. Hören wir jetzt aber mit den Klagen auf, lassen wir uns nicht von der Sehnsucht bezwingen. Bienen stechen am liebsten traurige Gesichter. Wo waren wir stehengeblieben? Ach ja, ich sprach davon, wie berühmt ich in vergangenen Zeiten gewesen bin. Vielleicht war ich ungerecht, als ich Don Demetrios Gedächtnis mißtraute. Womöglich erinnert sich dieser alte Spitzbube noch an mich. Sie dürfen ihm auf keinen Fall sagen, daß ich es bin, der ihm schreibt. Er soll meinen Namen auf dem Umschlag lesen. Seine Lippen sollen sich vereinigen, um meinen Familiennamen zu murmeln. »Wie ist das möglich?« wird er sich fragen, während der Brief in seinen Händen zittert. »Dieser alte Fuchs lebt noch?« Es ist Zeit, daß Sie begreifen, was dieser Brief für mich bedeutet, Bautista. Er bedeutet nicht mehr und nicht weniger als meine Rückkehr in die Welt der Lebenden. Eine Rückkehr, die ich einseitig zu verkünden beschlossen habe. Denn es macht mir nichts mehr aus, wenn ich nicht, wie einst, der Erste meiner Gruppe, ihr ständiger Mittelpunkt bin. Ich wünsche nichts anderes, als zurückzukehren, und möge Gott geben, daß es für diese Entscheidung nicht zu spät ist. Der einzige Haken besteht darin, daß der Tote bei seinem Entschluß, wiederaufzuerstehen, gewahr wird, daß er nicht weiß, was er den Lebenden sagen soll. Er hat die Gewohnheit des Lächelns und der alltäglichen Sprache verloren. Ihm steht nur die Sprache zu Gebot, die er in den Jahren seiner Einsamkeit und seines Schweigens lernte. Eine andere konnte er nicht finden. Verstehen Sie auch das, Bautista? Die Briefe der vom Tode Auferstandenen müssen stets unlesbar sein. Wir dürfen nicht riskieren, daß die anderen hinter unsere großen, prachtvollen Geheimnisse kommen. Wir können uns nicht den Luxus der Klarheit erlauben, noch darüber hinwegsehen, daß die Blumen in der Zeit unserer Abwesenheit weitergeblüht haben, so groß unser guter Wille auch sein mag. Dies ist ein Argument mehr, die Unlesbarkeit meines Briefes zu rechtfertigen. Ein gewichtiger Grund, der allein schon genügte, mich von jeder Anklage des Wahnsinns freizusprechen. Ich möchte also mein ganzes Vertrauen in Sie setzen, Bautista. Ich könnte sogar sagen, daß ich meine Wiederauferstehung in Ihre Hände lege. Was hat die Glocke da gerade geschlagen? Zehn Uhr? Elf Uhr? Es ist einerlei, uns bleibt noch Zeit. Wir werden unsere Vorbereitungen umfassend, sorgfältig und bis in die allerkleinsten Einzelheiten ausführlich gestalten können. Wenn Sie aber dieses Zimmer verlassen, dann dürfen Sie nicht einmal eine Sekunde verlieren. Handeln Sie mit Eile und Weile, wie man sagt. Gehen Sie als erstes zum Teich, und fangen Sie die Frösche. Begeben Sie sich dann zur Stube meines alten Majordomus, und probieren Sie dessen grüne Livree an. Dieser Mann hatte mehr oder weniger Ihre Statur. Gehen wir jedoch Schritt für Schritt vor, überstürzen wir nichts. Kehren wir zu den Fröschen zurück. Ich glaube nicht, daß es Ihnen schwerfallen wird, sie zu fangen. Nähern Sie sich dem Teich auf Zehenspitzen, und konzentrieren Sie Ihre Aufmerksamkeit auf diejenigen, die Sie am Ufer erblicken, auf diejenigen also, die in Ihrer Reichweite sind. Unterschätzen Sie sie nicht, denn sie sind klug und argwöhnisch. Wenn Sie sich nicht geräuschlos nähern, werden sie ins Wasser springen und sich Ihrem Zugriff entziehen. Sie können eines dieser Netze benutzen, mit denen man Schmetterlinge fängt. Letzten Endes entscheiden Sie selbst, welches Verfahren Sie verwenden wollen. Die Verantwortung liegt bei

Ihnen. Haben Sie sie erwischt, dann behandeln Sie sie mit Feingefühl, zerquetschen Sie sie mir ja nicht mit diesen klobigen Fingern. Sie können eine Plastiktüte nehmen, mit ein wenig Wasser darin. Setzen Sie sie hinein. Kommen Sie dann zu mir, und zeigen Sie sie mir. Ich möchte sehen, welche Sorte Frösche Sie für die geeignetsten halten. Wir untersuchen, zum letzten Mal, das Für und Wider der Angelegenheit, Sie kleiden sich grün, ich übergebe Ihnen den Brief, und dann gehen Sie schnurstracks zum Schloß von Don Demetrio. Sie werden mehr als zwei Stunden benötigen, vorausgesetzt, man hält Sie unterwegs nicht auf. Ich weiß nicht, ob es heute nachmittag regnen wird. Gestern abend wurden starke Regengüsse angekündigt, und heute morgen, als ich aus dem Fenster meines Zimmers schaute, war mir, als sei der Himmel bewölkt. Ich betrachtete ihn totenbleich, wie der Dichter sagt, bleibt mir doch heute nacht, wenn es zuvor nicht aufklart, nicht einmal mehr die Zuflucht zu den Sternen. Denn ich weiß nicht, ob all diese dikken Wolken am Ende ihre Schleusen öffnen werden. Nehmen Sie in jedem Fall einen Regenschirm, bevor Sie aufbrechen. Setzen Sie sich keinen unnötigen Gefahren aus. Regen ist ärgerlich. Mir persönlich erscheint er als ein übertrieben demokratisches Wetter, durchnäßt er doch gleichermaßen Herren wie Diener. Da hat doch irgend jemand – ein subversives Element, das im Gefängnis geendet ist – vor Jahren vorgeschlagen, einen Gesetzesentwurf einzubringen, daß es umgekehrt regnen solle, das heißt von unten nach oben, so daß nur wir naß werden würden, die wir oben sind. Und wenn ich ›oben‹ sage, dann meine ich die Privilegierten. Begreifen Sie? Mumpitz. Ein dummer Vorschlag, den niemand ernst nahm und der sogar viele ärgerte, denn es ist doch klar, daß niemand sich der Natur widersetzen kann. Und das nicht nur der Nachteile wegen, die ein solcher Regen für die Angehörigen meiner Klasse bedeuten würde, sondern auch deshalb, weil die Leute – selbst die von niedrigstem Stande –, würde es umgekehrt regnen, sich gezwungen sähen, die Regenschirme verkehrt herum zu halten. Sie lächeln, Bautista? Glauben Sie, ich übertreibe? Sind Sie denn nach so vielen Jahren, die Sie nun in meinen Diensten stehen, immer noch nicht fähig zu erkennen, wann ich scherze? Können Sie sich etwa vorstellen, daß der Regen, einer Fontäne gleich, aus dem Boden schießt? Kurzum, wir sind uns nicht sehr sicher über das Wetter, das heute nachmittag herrschen kann. Vielleicht wird es nicht einmal von oben nach unten regnen, so wie es immer geregnet hat und wie es in alle Ewigkeit weiterregnen wird. Freilich, ich habe kein allzu großes Vertrauen in den Wetterbericht. Es genügt, daß ein leichter Wind aufkommt, um all diese Wolken zum Teufel zu jagen. Nebenbei gesagt, Bautista, was haben die Leute heute eigentlich? Weshalb kümmern sie sich so sehr um Zyklone, Antizyklone und Unwetter? Was verbergen sie hinter dieser andächtigen Verehrung der Isobaren? Ich weiß nicht weshalb, mein Freund, aber mir erscheint das verdächtig, ich vermute seltsame Schuldkomplexe. Der Mensch, der Wälder anzündet, hebt den Blick zum Himmel, besorgt um das Wohl der Wolken. Kommt Ihnen das nicht widersinnig vor? Kurz und gut, mag der Himmel auch klar wie ein Vogelauge sein, nehmen Sie einen Regenschirm, bevor Sie das Schloß verlassen. Ein Mann mit Regenschirm macht sich immer gut. Und mir macht Ihre Eleganz nichts aus. »Wie«, werden die Leute sich bei Ihrem Anblick fragen, »ist es möglich, daß dieser feierlich aussehende, grüngekleidete Herr mit einem Regenschirm als Spazierstock der Diener des Marquis von O. ist? Ist es möglich, daß ein Herr, der das Glück hat, von einem Diener mit solchem Auftreten bedient zu werden, in seinem Schloß vergraben lebt? Welche Sünden haben wir, seine Nächsten, begangen, daß wir uns eines Mannes beraubt sehen, der so viel guten Geschmack bei der Auswahl seiner Dienstboten beweist?« Die Eleganz der Diener nützt immer den Herren, Bautista. Nehmen Sie also den Regenschirm, denn vielen, die Sie in einer so vornehmen Aufmachung sehen, wird sich das Gedächtnis auffrischen, und sie werden sich an mich erinnern, der ich einst der vornehmste Herr der ganzen Gegend war. Zudem kann Ihnen dieser Regenschirm noch einen weiteren Dienst erweisen. Bedenken Sie, daß ein Regenschirm, außer daß er uns vor Regen schützt, von dekorativen Gründen einmal abgesehen, sich auch in ein ausgezeichnetes Instrument zur Abwehr unerwarteter Angriffe verwandeln kann. Ich werde das näher erklären, machen Sie nicht so eine saure Miene. Ich sagte Ihnen bereits, daß Sie keinen Widerstand leisten dürfen, wenn der Herr Graf beschließt, sie auszupeitschen. Ebensowenig dürfen Sie sich verteidigen, wenn Sie auf ausdrücklichen Wunsch Don Demetrios von den Dienern verhauen werden. Stellen Sie sich jetzt jedoch vor, Sie kommen zum Schloß, und irgendein Diener, der Ihnen die Dienstbotentür öffnet und Sie in Ihrer grünen Kleidung auf der Schwelle erblickt, bricht in schallendes Gelächter aus. »Wer sind Sie«, wird er Sie fragen, sich krümmend und windend, »ein Mensch oder ein Peperoni?« Ich weiß, ich weiß, Bautista! Sie sind ein Mensch, der sich sein ganzes Leben lang die schlimmsten Beschimpfungen hat anhören müssen! Bestimmt wird man Sie einen Dummkopf, Dussel, Simpel, Schwachkopf, Einfaltspinsel, Trottel und was weiß ich noch alles genannt haben. Vor kurzem haben wir sogar die Möglichkeit erwogen, daß der Herr Graf Sie als Wurm bezeichnen könnte, und wir waren übereingekommen, daß Sie diese Schmähung resigniert über sich ergehen lassen sollten. Schon das Sprichwort sagt: Beleidigungen rächt man oder schluckt man – nur gründlich muß es sein. Aber sollen Sie es auch hinnehmen, daß eine Person Ihres eigenen Standes Sie als Peperoni bezeichnet? Müssen Sie sich bis zu diesem Punkt erniedrigen? O nein! Dulden Sie diese Beleidigung nicht, Bautista! Ich bitte Sie dringlichst darum! Reagieren Sie energisch, entladen Sie Ihren ganzen Zorn auf diesen Flegel! Sehen Sie? Es kommt der Augenblick, den Regenschirm zu benutzen. Sie können ihn wie einen Degen handhaben. Natürlich haben Sie nicht die geringste Ahnung von der Fechtkunst, denn diese ist Sache von Standespersonen, doch ich werde Ihnen jetzt sofort vier Grundlektionen erteilen. Seien Sie unbesorgt, denn es ist sehr einfach. Befassen wir uns als erstes mit der Auslage, der wichtigsten Stellung des Fechters. Es gibt vier Linien oder Positionen: oben, unten, außen, innen. Suchen Sie nicht nach anderen, denn Sie werden keine finden. Auf die vier Angriffe, die theoretisch in Richtung dieser vier Linien gegen Sie geführt werden können, können Sie mit vier Paraden reagieren, da aber jede dieser Paraden sich in zwei verschiedene teilt, je nachdem ob die Fingernägel nach oben oder nach unten gerichtet sind, und da dieses Prinzip auch auf den Angriff angewandt wird, ergeben sich acht verschiedene Möglichkeiten, anzugreifen und zu parieren, die, multipliziert mit den beiden Linien, sechzehn unterschiedliche Kombinationen ergeben. Können Sie mir folgen, Bautista? Wird Ihnen schwindlig bei so vielen Zahlen? Lassen Sie den Mut nicht sinken, es ist nicht so schwer, wie es auf den ersten Blick scheint. Sehen Sie her, wie ich diesen Blumentopf angreife. Stellen Sie sich vor, daß ich einen Degen in der Hand halte. Es gilt, Entschlossenheit zu zeigen, große Entschlossenheit. Der Angriff ist der Stoß, mit dem Sie versuchen werden, Ihren Gegner zu treffen. Sie können zwischen verschiedenen Möglichkeiten wählen: freier Angriff, gebundener Angriff, Tempostoß, Arretstoß, Riposte, vollendete Konterriposte und Stoß. Ich glaube, ich habe sie Ihnen alle aufgezählt. Halten Sie sich stets vor Augen, daß Entschlossenheit nicht Überstürzung bedeutet, das heißt, bewahren Sie die ganze Zeit, die der Kampf dauert, einen kühlen Kopf. Verlieren Sie auch nicht einen Augenblick die Gemütsruhe. Wenn Sie es für das Beste halten, vorzurücken, dann rücken Sie zuerst mit dem rechten Fuß vor und unmittelbar darauf mit dem linken. Wenn Sie hingegen beschließen, zurückzuweichen, gehen Sie umgekehrt vor, ziehen Sie zunächst den linken Fuß zurück und dann den rechten, in beiden Fällen ohne die Füße vom Boden zu heben und ohne die Auslage aufzugeben. Reden Sie sich ein, daß Ihr Regenschirm wirklich ein Degen ist, und handeln Sie im Wissen, daß bei der Verwendung dieser Waffe sämtliche Drehbewegungen erlaubt sind, unter der Voraussetzung, daß der Gegner nicht überrumpelt wird, so hitzig das Gefecht auch sein mag. Auf! Bautista! Nur Mut! Wieder erbleichen Sie! Ist es möglich, daß Sie sich einer so einfachen Sache nicht für fähig halten? Würden Sie den Regenschirm lieber wie einen Stock benutzen? Nun gut, tun Sie, was Ihnen am besten erscheint. Halten Sie sich also an keinerlei Regel, und verabreichen Sie dieser schamlosen Kreatur so viele Schirmhiebe wie Sie wollen. Schlagen Sie ihm den Schädel ein. Schließlich sind Sie ein Plebejer, es war dumm von mir anzunehmen, Sie könnten sich wie ein Herr verhalten. Begreifen Sie, Bautista? Die Dinge haben sich in den letzten Jahren nicht so sehr verändert. Alles ist noch immer so, wie ich es verlassen habe. Personen niederen Standes sind immer noch Personen niederen Standes, die Demokratie hat daran nichts geändert. Ich werde mein Schloß verlassen und feststellen, daß die Welt sich immer noch um dieselbe Achse dreht, so sehr einige Romantiker und kontemplative Hydrauliker auch meinen mögen, daß die Menschen jetzt in größerer Würde altern können. Denn sagen Sie mir, mein Freund, wer könnte durch eine Volksabstimmung die Farbe der Einsamkeit verändern? Welches Regierungssystem und welches neue Gesellschaftsmodell wäre imstande, dem Tod die Schelle umzuhängen? Es ist doch klar, Bautista: Was nützt es, den Menschen einen Himmel zu geben, wo sie doch ohne Flügel geboren werden? Ihre wahren Probleme werden sie stets mit sich allein, vor dem Spiegel ihres Bewußtseins, lösen müssen. Das Echo der Musikkapellen, das bis zu der kleinen Behausung des Einsamen dringt, wird ihn niemals von dieser großen Verantwortung befreien können. Etwas anderes zu erwarten wäre sündhafter Hochmut ... Doch kehren wir endlich wieder zu uns zurück. Wir waren dabei stehengeblieben, daß Sie unfähig sind, den Regenschirm als Degen zu benutzen. Gut, benutzen Sie ihn also, als wäre er ein Knüppel. Lassen Sie Ihren

Instinkten freien Lauf, und halten Sie sich nicht zurück, bis dieser Lump Sie auf Knien um Verzeihung bittet. Lassen Sie sich durch sein Flehen aber nicht erweichen. Packen Sie ihn am Ohr, und befehlen Sie ihm, Sie ohne weiteren Verzug zu den Gemächern des Herrn Grafen zu führen. Und während Sie ihm durch die Gänge des Schlosses folgen, gestatten Sie ihm nicht die geringste Unschlüssigkeit. Denken Sie daran, daß Sie sich letztendlich auf feindlichem Gebiet bewegen. Er kann Sie leicht irreführen. Stellen Sie sich vor, daß dieser Diener, eifersüchtig auf den Umgang seines Herrn, es sich einfallen läßt, Umwege über Umwege zu machen, ohne Sie je an Ihr Ziel zu führen. Ich sage das nicht auf Sie gemünzt, Bautista, aber jeder weiß, daß Starrsinn und Borniertheit der Diener den Fanatismus der Herren gewöhnlich noch um einiges übertreffen. Wenn Sie sich fügsam führen lassen, bringen Sie womöglich den ganzen Nachmittag damit zu, durch Korridore zu laufen, prächtige Treppengänge hinaufzusteigen und Salons von gewaltigen Ausmaßen zu durchqueren. Das Schloß Don Demetrios ist riesengroß, und Sie können nicht wissen, ob Sie zweimal dieselbe Stelle passieren. Gehen Sie also rücksichtslos vor. Lassen Sie Ihrem Führer den Vortritt, und schieben Sie ihn mit der Spitze des Regenschirms vorwärts. Er soll wissen, daß er jeden Augenblick, gerade wenn er es am wenigsten erwartet, einen weiteren Schirmhieb auf den Kopf erhalten kann. Kaum hat er Ihnen das Gemach des Herrn

Grafen gezeigt, entlassen Sie ihn mit einer schallenden Ohrfeige, für den Fall, daß er Sie einen unnötigen Umweg hat machen lassen. Tilgen Sie dann jede Spur von Wut aus Ihrem Gesicht, und klopfen Sie mit den Fingerknöcheln an die Tür. »Gestatten Sie?« fragen Sie. Und wenn Don Demetrio vom Kanapee her eine zustimmende Antwort gibt, öffnen Sie behutsam die Tür, und schließen sie dann sorgfältig hinter sich. Gehen Sie zwei Schritte vorwärts, verbeugen Sie sich, und übergeben Sie ihm den Brief. Gehen Sie die zwei Schritte wieder zurück, die Sie soeben nach vorn getan haben, und warten Sie. Das mit den zwei Schritten ist, wie Sie sich denken können, nur eine Redensart, denn es kann sein, daß das Kanapee weiter entfernt ist von der Tür und Sie daher vierzehn, zwanzig oder vierzig Schritte vorwärtsgehen müssen. In diesen ersten Augenblicken müssen Sie ganz besonders auf Ihre Manieren achten, denn diese Augenblicke sind die heikelsten. Vielleicht wird der Herr Graf, bevor er den Umschlag öffnet, Ihnen mit einer nachlässigen Handbewegung bedeuten, daß Sie sich entfernen können. Rühren Sie sich jedoch nicht vom Fleck. Wenn er insistiert, dann begründen Sie Ihre reglose Haltung. »Mein Herr, der Marquis von O.«, erklären Sie ihm, »legt ganz besonderen Wert darauf, daß ich in der Nähe Euer Exzellenz bleibe, bis Sie das Schreiben zu Ende gelesen haben, das er Ihnen schickt und das ich Ihnen soeben überreicht habe. Mein Herr ist der Welt zu lange ferngeblieben, um jetzt Gleichgültigkeit angesichts der Reaktion an den Tag legen zu können, die ein Brief von ihm – der erste, den er seit zwanzig Jahren geschrieben hat – bei einem Herrn seines Standes hervorrufen kann. Eine Reaktion, die ich ihm dann bis in ihre winzigsten Nuancen mitzuteilen habe. Es könnte sein« – erklären Sie ihm weiter-, »daß dieser Brief sogar eine Art Test ist, damit mein Herr daraufhin entscheiden kann, ob es die Mühe lohnt, in sein Jahrhundert zurückzukehren oder nicht.« Ich bin überzeugt, Bautista, daß Don Demetrio, wenn Sie ihm diese Erklärung anbieten, Ihnen bereitwillig gestatten wird, in seiner Nähe zu bleiben. Das Grün Ihrer Kleidung, seinen Sinnen so angenehm, wird Ihnen die Dinge noch erleichtern. Ich meine natürlich, nur in den allerersten Augenblicken. Wir haben ja schon gesehen, wie seine Reaktionen später ausfallen können. Wovor ich Sie jetzt aber warnen muß, ist, daß in eben diesen ersten Augenblicken eine Gefahr lauert, auf die ich schon früher hingewiesen habe, ohne sie indes zu diesem Zeitpunkt ausführlich genug behandelt zu haben. Ich meine Don Demetrios Vorliebe – eine Vorliebe, die er in all diesen Jahren gewiß beibehalten hat –, die Gemütsverfassung und Reaktionsfähigkeit seiner Gesprächspartner mit Fragen auf die Probe zu stellen, die er aus dem Ärmel schüttelt, wenn man es am wenigsten erwartet. Ich hatte Ihnen bereits das Beispiel der Landverteilung genannt, und es war klar, welche Auffassung Sie diesbezüglich vertreten sollten. Stellen Sie sich jetzt aber vor, daß er anstelle der Frage des Latifundiums irgendeine andere Frage anschneidet, zum Beispiel das Problem der Vermassung der Universitäten, von dem die Zeitungen jetzt so voll sind. »Sind Sie ein Befürworter des Numerus clausus, Bautista?« Oder schlimmer noch: nehmen wir einmal an, der Herr Graf möchte wissen, was Sie in diesen Zeiten politischer Gärung und mannigfacher Demonstrationen von den Menschen halten, die sich für den Rückzug und das kontemplative Leben entschieden haben. In diesem Fall könnte seine Frage etwa folgendermaßen lauten: »Glauben Sie, Herr Dingsbums, daß das kontemplative Leben wirklich Tiefe hat?« Vorsicht dann mit Ihrer Antwort, mein treuer Freund, denn sie ist nicht so einfach, wie es scheint. Was Don Demetrio im Grunde zu wissen begehrt, ist, was Sie von meiner Entscheidung halten, zurückgezogen in diesem Schloß zu leben. Vielleicht hofft er zu hören, daß mein eigener Diener mich des Egoismus oder der Feigheit zeiht. Womöglich möchte er Ihnen etwas entlocken, das er später gegen mich verwenden kann. Passen Sie also gut auf, daß Sie nicht in die Falle gehen. »Mein Herr«, könnten Sie ihm etwa antworten, ohne sich eine Blöße zu geben, »wir befinden uns mitten in einer der schlimmsten Krisen, die die Geschichte je erlebt hat. Zweifellos stehen wir auf der Schwelle zwischen zwei Zeitaltern. Das eine geht zu Ende und kämpft bis zuletzt, um seine gemeinschaftlichen Traditionen zu erhalten. Das andere will sich, koste es, was es wolle, seinen Weg bahnen und die Sitten verändern.« Möglicherweise gibt sich der Herr Graf mit dieser Antwort zufrieden. Es kann jedoch ebensogut sein, daß er weitere Erklärungen verlangt. »Alles, was Sie da sagen, ist schön und gut«, wird er in diesem Fall beharren, »doch sagen Sie mir ein für allemal, was Sie vom kontemplativen Leben halten. Ohne Umschweife.« Bleiben Sie jedoch bei Ihrer Zweideutigkeit. »Der Zusammenprall dieser beiden Zeitalter«, antworten Sie, »war heftig und hat in unzähligen Seelen Unruhe und Verwirrung gestiftet.« Don Demetrio wird ungeduldig werden. »Aber was bedeutet das alles in Ihren Augen?« wird er fragen und dabei die Fäuste ballen. Lassen Sie sich nicht einschüchtern, verlieren Sie nicht die Contenance. »Es bedeutet«, so sagen Sie ihm, »daß das kontemplative Leben heute genauso aktuell ist wie gestern. Die Welt, Herr Graf, bedarf auch weiterhin der verborgenen, stummen Gegenwart der Kontemplativen.« Schließlich wird Don Demetrio seine Stirn glätten und plötzlich auflachen. »Kein Zweifel«, wird er sagen, »Sie sind ein vorbildlicher Diener. Ihre Treue ist vollkommen. Sie haben diese ganze hochtrabende Rede von sich gegeben, um das Verhalten Ihres Herrn zu rechtfertigen, der sich vor zwanzig Jahren seinen Pflichten entzogen und in sein Schloß eingesperrt hat, während wir mit unseren Rufen nach Gerechtigkeit allenthalben unser Ansehen aufs Spiel setzten. Es nützt jedoch nichts, daß der Herr Marquis versucht, mich zu täuschen. Mich täuscht niemand. Ich weiß genau, daß das Leben Ihres Herrn in all dieser Zeit mitnichten so kontemplativ war, wie er uns glauben machen will. Das soll er einem anderen erzählen. Ich gebe zu, daß er seit zwanzig Jahren darauf verzichtet, sein Schloß zu verlassen, aber sagen Sie mir ehrlich, Herr Soundso, denn Sie sind sein Diener, und Diener pflegen immer ihre Hände mit im Spiel zu haben: Vermochte der Herr Marquis während dieser ganzen Zeit auch auf eine bestimmte Art von Besuchen zu verzichten? Natürlich nicht, guter Mann, ich habe da meine Informationen: Der Herr Marquis hat sich mit einer gewissen Regelmäßigkeit als recht aktiv erwiesen. Kurz, seit mehr als einem Jahr hat Ihr Herr an allen Wochenenden jene Maxime La Rochefoucaulds bekräftigt, nach der die Liebe, wie das Feuer, erlischt, wenn sie nicht beständig geschürt wird. Und er hat geschürt! Nach Kräften! Oder glauben Sie, daß ein Mann, der sich auf sein Mannsein etwas einbildet, in Gesellschaft der Baronin von O. passiv bleiben kann? Nichts mit kontemplativem Leben also, nichts mit verwirrten und beunruhigten Seelen, wie Sie sagen. Ihr Herr ist ein Schelm, vor dem man sich in acht nehmen muß.« Passen Sie auf, Bautista, aus welcher Richtung die Schüsse jetzt kommen können. Verlieren Sie jedoch nicht die Fassung. Wenn der Herr Graf damit herausrückt – und das ist sehr gut möglich –, dann beschränken Sie sich auf ein verwirrtes Lächeln. Tun Sie, als seien Sie ob der Entdeckung meiner Liebeleien etwas beschämt. Verharren Sie zunächst einmal in Schweigen, und widersprechen Sie ihm nicht. Versuchen Sie auch nicht, meine Schelmenstücke zu rechtfertigen oder die Tatsachen zu leugnen, denn wir würden dabei den kürzeren ziehen. Der Herr Graf verfügt wohl immer noch über sein eigenes Netz von Spähern und hält möglicherweise mehr als einen Beweis für meinen Zeitvertreib mit der Frau Baronin in Händen. Womöglich weiß er sogar, daß ihr kürzlicher Abort einiges mit einer unserer letzten heimlichen Begegnungen zu tun hatte. Diese stillschweigende Anerkennung der Tatsachen, die Sie mit Ihrer Haltung ausdrücken, darf indes nicht allzu lange dauern. Nach kürzester Zeit müssen Sie die Miene eines Mannes aufsetzen, der in den Anschuldigungen, deren Zielscheibe er ist, zwar einen wahren Kern gelten läßt, die Dinge aber doch richtigzustellen wünscht. Es sollen keine Mißverständnisse entstehen. Heben Sie also den Blick vom Boden, tilgen Sie jegliche Schamröte aus Ihrem Gesicht, und versuchen Sie, Don Demetrio begreiflich zu machen, daß meine heimlichen Stelldicheins mit der Frau Baronin meine Einsamkeit nicht einen einzigen Augenblick zu lindern vermochten. Im Gegenteil, sie verschlimmerten sie noch. Und ich sage das nicht nur so, Bautista. Sie kennen Doña Brigida. Glauben Sie, daß ein Mann wie ich sich mit einer solchen Frau wirklich in Gesellschaft fühlen kann? Ich versichere Ihnen, das einzige, was sie mir geben konnte – und auch das nicht immer –, war ein Anflug von Vergnügen. Nicht mehr. War dieser Augenblick vorbei, war meine Traurigkeit größer denn je. Stets kehrte die Einsamkeit wie ein Vogel mit ausgebreiteten Schwingen zu mir zurück. Ja, zu Ihrer endgültigen Überzeugung werde ich Ihnen sagen, daß ich schließlich sogar einen krankhaften Nachgeschmack von Enttäuschung empfand, jedes Mal, wenn sie, nach dem flüchtigen Rausch, durch die Nase schnaubte und mir den Rücken zuwandte. Dann nützte es nichts, wenn ich, in einer verzweifelten Anstrengung sie zurückzugewinnen, ihr vom Klang ferner Geigen sprach. Sie sehen also, Freund Bautista, welche Wege meine Beziehungen mit der Baronin gingen. Sie wissen, daß ich nicht schlecht von den Frauen zu sprechen pflege, doch ich versichere Ihnen, bei einigen ist die Wahrheit noch schlimmer als die Verleumdung. Mehr als einmal ließ Doña Brigida mich an die Gottesanbeterin denken, jenes erhabene, geheimnisvolle Geschöpf, das nach der Begattung das Männchen verschlingt. »Da hast du mich«, sagte ich einst bei einer bestimmten Gelegenheit und steckte ihr einen Finger zwischen die Zähne. Und sie, anstatt meine Aufforderung als Scherz aufzufassen, schlug ihre Zähne erbarmungslos hinein. Ein grausamer Biß. Sie ließ den Finger erst los, als sie sah, daß ich einer Ohnmacht nahe war. Heute noch frage ich mich: Was wollte diese Frau mir an jenem Tag beweisen? Wollte sie mir zu verstehen geben, daß ihr nach unserer rührigen Liebesbegegnung immer noch Kräfte genug blieben, um mich mit den Zähnen zu zerstückeln? Wollte sie mir sagen, daß ich nicht Manns genug war, sie zu erschöpfen? Lassen Sie dieses Grinsen, Bautista, versuchen Sie nicht, die Sache als halb so wild hinzustellen. Kommen Sie mir nicht mit dummen Geschichten oder gar mit dem Versuch, diese Männerfresserin zu verteidigen. Ich glaube nicht an dieses »Ich hab dich zum Fressen gern«. Unter anderem deshalb nicht, weil Doña Brigida nicht in mich verliebt war. Sie war es nie. Das einzige, was ich ihr zugestehen will, ist eine aberwitzige Leidenschaft für die Liebe als solche, denn das kommt mehr oder minder bei allen Liebhaberinnen jenseits der vierzig vor. Ich versichere Ihnen, das einzige, was diese Damen wirklich interessiert, ist, sich selbst zu beweisen, daß sie noch immer einer leidenschaftlichen Liebe fähig sind. Verlieren wir jedoch unsere Zeit nicht mit der Baronin. Kehren wir zu dem Punkt zurück, an dem wir stehengeblieben waren. Wenn der Herr Graf sich erlaubt, ironische Bemerkungen über die Glaubwürdigkeit meines kontemplativen Lebens zu machen, müssen Sie ihm begreiflich machen, daß die Tatsache, sich einmal die Woche, gewissermaßen auf ärztliche Anordnung hin, mit Doña Brigida niederzulegen, mitnichten bedeutet, daß ich ein doppeltes Spiel treibe. Sagen Sie ihm, daß meine Einsamkeit stets unversehrt geblieben ist, unbeschadet jeder erotischen Spielerei. Gut. Legen wir diese Sache jetzt ad acta. Der Herr Graf läßt Ihre Argumente gelten, zündet seine lange Meerschaumpfeife an und liest weiter. Sie verharren erneut in Schweigen und beobachten aufmerksam seine Reaktionen, ohne auch nur ein Detail zu übersehen, denn ich will, daß Sie mir bei Ihrer Rückkehr heute abend oder morgen Punkt für Punkt alles bestätigen, was ich mir jetzt vorstelle. Ach ja! Mir ist, als sähe ich ihn vor mir! Diesen Trottel, hingestreckt auf sein Kanapee, nach Luft schnappend wie ein Fisch auf dem Trockenen! Er hält den Brief in der rechten Hand, und ab und zu streicht er mit dem Zeigefinger der linken Hand über die kleine blaue Vene an der Schläfe, die ihm bedrohlich angeschwollen ist. Seine Unruhe wächst. So wie die Dinge liegen, hat ihn ein einfacher Brief zu der plötzlichen Erkenntnis geführt, daß nicht einmal er vor Wahnsinn gefeit ist. Alles um ihn her beginnt zu wanken. Er versucht, sich an einer Reihe unbestrittener Glaubenssätze festzuhalten, allein er findet keinen festen Halt. Seine bürgerlichen Überzeugungen nützen ihm nichts. Er, der über allem zu stehen glaubte! Aufgepaßt, Bautista, aufgepaßt! Der Herr Graf ist kurz davor, in Tränen auszubrechen, wenig fehlt, und er fällt auf die Knie und bittet um Vergebung für Sünden, die er nie begangen hat! Mein Gott! Und wenn ich nun kein Recht hätte, ihn so zu quälen? Werde ich nicht zu grausam sein? Müssen wir denen die Augen öffnen, die stets in glückseliger Kurzsichtigkeit gelebt haben? Wie dem auch sei, Bautista, sollte der Herr Graf in Tränen ausbrechen, dann nähern Sie sich ihm nicht. Versuchen Sie nicht, ihn zu trösten. Er soll sich nach Herzenslust ausweinen, denn im Weinen liegt eine gewisse Wollust. Lassen Sie jedoch nicht in Ihrer Wachsamkeit nach. Bleiben Sie aufmerksam für jedes Problem, das sich unerwartet stellen kann. Die Frösche, zum Beispiel. Vergessen Sie nicht einen Augenblick, daß Sie sie in der Tasche haben. Stellen Sie sich vor, sie beginnen zu quaken, während Don Demetrio weint. Eine Möglichkeit, die wir schon früher in Betracht gezogen haben. Was können Sie dann tun? Bemühen Sie Ihre Phantasie, mein lieber Freund. Tun Sie zum Beispiel, als seien Sie es, der quakt. Geben Sie Ihren großen Schatz noch nicht preis. Die Frösche würden einen Großteil ihrer Wirkung verlieren, wenn ihr Erscheinen nicht völlig überraschend für den Grafen wäre. »In der Tat«, erklären Sie ihm mit gleichgültiger Miene, »ich bin es, der quakt. Ich pflege es dann und wann zu tun, gänzlich unerwartet. Sie müssen wissen, daß ich in einer bescheidenen Hütte zur Welt kam, die in der Nähe eines Sumpfes gelegen war, und in den ersten Jahren meines Lebens viele Nächte durch den Gesang der Frösche in den Schlaf gewiegt wurde. Tatsächlich war dieser meine erste Sprache, und heute noch bilden sich in meiner Kehle die süßen Laute der Kindheit, ohne daß ich sie zurückdrängen könnte.« Der Herr Graf, der beim Quaken der Frösche zu weinen aufgehört hat, leckt mit der Zunge die letzte Träne ab. »Sagte Cicero denn nicht«, fahren Sie fort, um Ihren Worten noch mehr Glaubwürdigkeit zu verleihen, »daß die Seele der Kinder gleichsam ein Spiegel ist, in dem sich die Natur abbildet? Und sagen die Chinesen nicht, daß Erinnerungen mehr Aroma haben als ein vollerblühter Fliederstrauch?« Der Herr Graf lächelt, entzückt ob Ihrer Bildung. Stellen Sie sich jetzt aber vor, die Frösche, denen jeder Sinn für Schicklichkeit abgeht, beginnen von neuem zu quaken, während Sie ihm all das erzählen. Was sollen Sie dann tun? Vermeiden Sie vor allem, selbst in diesem Fall, daß Verwirrung sich Ihrer bemächtigt. Schämen Sie sich nicht, bei einer Lüge ertappt worden zu sein. Denken Sie daran, daß wir in einer Zeit leben, in der die Leute in aller Öffentlichkeit mit sehr viel schlimmeren Lastern prahlen. Eine gute Lösung wäre es, wenn Sie behaupteten, Sie seien Bauchredner und deshalb imstande, gleichzeitig zu sprechen und zu quaken. Aber all dies hieße die Dinge noch mehr komplizieren. Ich meine, Sie sollten ganz einfach die volle Wahrheit sagen. Ohne Umschweife. Bitten Sie ihn um Verzeihung dafür, daß Sie ihm gesagt haben, Sie hätten gequakt. Holen Sie dann unverzüglich, bevor er Ihnen irgend etwas erwidern kann, die Frösche aus der Tasche, und legen Sie sie ihm zu Füßen, wie eine Opfergabe. Ich bin sicher, daß dieses Detail ihn zutiefst bewegen wird. »Was bringen Sie mir da?« wird er Sie fragen. »Das sind wohl Frösche?« Sie machen eine zustimmende Bewegung mit dem Kopf. »In der Tat, Exzellenz«, können Sie ihm antworten. »Ein Paar Frösche, die auf den Besitzungen meines Herrn gefangen wurden. Die besten, die ich finden konnte. Mein Herr würde sich sehr geehrt fühlen, wenn Euer Exzellenz sie annehmen und als einen aufrechten Beweis der Wertschätzung betrachten würden, die Euer Exzellenz gebührt.« Bei diesen Worten wird Don Demetrio vor Freude erröten und womöglich versuchen – um zu zeigen, wie glücklich er ist –, die Amphibien zu streicheln, die, zwei zitternden Smaragden gleich, auf dem weniger durchsichtigen Grün des Teppichs glänzen. Es wird ihm nicht gelingen, denn die Frösche werden davonhüpfen. Es kann sein, daß er Sie dann bittet, sie in eine Vitrine zu sperren, die er Ihnen zu diesem Zweck bezeichnen wird. Sie gehorchen. Verwahren Sie die Frösche in der Vitrine, und überreichen Sie diese mit einer erneuten Verbeugung. Don Demetrio wird die Vitrine an seine Brust drücken und sich wieder auf das Kanapee legen. »Wie lange, meinen Sie, werden sie es hier drinnen aushalten können?« wird er Sie fragen, durch den hypnotischen Anblick der Tierchen fasziniert. Antworten Sie ihm, was Sie für richtig halten. Zwei, drei, vier, fünf oder vielleicht sechs Jahre. »So lange?« wird der Herr Graf staunend fragen, am ganzen Körper bebend. Die Hände werden ihm zittern, beinahe wird ihm die Vitrine zu Boden fallen. Um diesen Unfall zu verhindern, müssen Sie ihm die Vitrine fortnehmen und sie wieder auf die Kommode aus Mahagoniholz stellen. »Die Frösche vom Teich meines Herrn«, antworten Sie ihm, »zeichnen sich durch ihre Langlebigkeit aus. Und stürben sie auch vor der normalen Zeit, so würde ihr herrliches Grün sich doch zur Freude und zum Ergötzen Euer Exzellenz noch einige Jahre halten. Denn in dieser Eigenschaft wurzelt im wesentlichen der hauptsächliche Vorzug unserer Amphibien.« Daraufhin wird Don Demetrio entzückter sein denn je. Endlich wird er die Erhabenheit meines Geschenks zu würdigen wissen. Ein Grün, das den Tod überlebt. Ewige Schönheit, gewissermaßen. Gäbe es solcher kostbaren Geschenke viele, wenn sie wirklich möglich wären? Denn die Schmetterlinge, die wir zwischen den Blumen umherflattern sehen, sind nicht dieselben, die wir in der Vitrine des Sammlers, von der grausamen Nadel durchbohrt, betrachten können. Der Tod läßt die magischen Reflexe ihrer Flügel verblassen. Dabei fällt mir ein anderes, wunderbares Insekt ein, die Bremse. Haben Sie schon einmal eine Bremse gesehen? Ihre Augen sind gefärbt mit glänzenden Flecken, Fäserchen und Streifen, deren Schattierungen das ganze Spektrum der Farben umfassen. Die mikroskopischen Strukturen der Hautdecke zerlegen die Lichtstrahlen und zerteilen sie in verschiedene Wellenlängen. Und was geschieht, wenn die Bremse stirbt? Diese ganze Schönheit verschwindet in einem Augenblick. Die Hautdecke des Auges zieht sich zusammen, die Strukturen verändern sich, die Farben verschwinden. Und die Moral dieses plötzlichen Untergangs ist offensichtlich: Wer die Augen der Bremse, die an Farben so reich sind wie ein gotisches Kirchenfenster, in ihrer ganzen Schönheit genießen will, der muß auch bereit sein, ihre Stiche zu ertragen. Eine tote Bremse mißfällt nicht, aber sie ergötzt auch nicht. Das ist eine exzellente Metapher, die sich auf viele Menschen anwenden ließe. Begreifen Sie, Bautista, wieviel Weisheit ich in meinen Büchern finden kann? Um wieder auf die Frösche zurückzukommen: Sie müssen Don Demetrio versichern, daß die grüne Farbe ihren Tod überdauern wird. Das ist natürlich nicht sicher, aber Sie müssen es ihm sagen und überdies erreichen, daß er Ihnen felsenfest glaubt. Was hernach geschieht, wenn die Frösche sterben, soll unsere Sorge nicht sein, denn uns interessiert einzig und allein, daß dieser arme Mann, durch meine Handschrift erschöpft, irgendeinen Ansporn erhält und die Lektüre des Briefes mit frischen Illusionen wiederaufnimmt. Und damit nähern wir uns den Höhepunkten Ihrer Mission. Wenn der Herr Graf mit einem Seufzer – wiewohl gestärkt durch die Anwesenheit des grünen Froschpärchens – in dem Versuch fortfährt, meinen Brief zu entziffern, müssen Sie Ihre Wachsamkeit noch mehr anspannen. Seien Sie darum bemüht, sich nicht die kleinste Einzelheit entgehen zu lassen. Forschen Sie auch noch die winzigsten Besonderheiten seines Mienenspiels aus, den wechselnden Glanz seiner Augen, die bewegliche Linie seiner Brauen. Wachen Sie selbst über den Rhythmus und die Tiefe seiner Atemzüge. Erinnern Sie sich daran, daß der Bericht, den ich von Ihnen erwarte, erschöpfend sein muß. Ich werde Sie alles fragen, was mir in den Sinn kommt, und noch mehr.

Auf, Bautista, ziehen Sie nicht schon wieder die Augenbrauen hoch, ich kenne Sie gut und weiß, was Sie jetzt denken! »Weshalb solche peinliche Genauigkeit?« werden Sie sich erneut fragen. Die Antwort liegt auf der Hand. Ich sagte Ihnen ja bereits, daß dieser Brief meine Rückkehr in die Welt der Lebenden bedeuten kann, aber ich werde es Ihnen noch einmal mit anderen Worten erklären. Hören Sie aufmerksam zu, und lassen Sie das Naserümpfen. Der Brief, den Sie Don Demetrio heute nachmittag überbringen werden, ist gleichsam ein Experiment. Vom Ausgang dieses Experiments wird es abhängen, ob wir dergleichen Briefe auch an die übrigen Schloßbewohner der Gegend schicken. In diesem Land gibt es viele, die wie wir eingesperrt in ihren Festungen leben. Ganz sicher war ich es jedoch, der ihnen die Idee eingegeben hat, sie könnten, ein jeder in seinem Schloß, ihr egoistisches Heil als Einsiedler finden. Jetzt macht mich so viel Verantwortung bange, Bautista. Vor einigen Tagen habe ich angefangen, mir darüber Gedanken zu machen. Und ich habe auch über die Wirksamkeit meines eigenen Eingesperrtseins nachgedacht. Gestern nacht quälte mich eine ganz bestimmte Frage: Sind diese mittelalterlichen Lösungen, so sagte ich mir, immer noch möglich? Sind unsere Probleme denn nicht gemeinsame und unsere Schlösser nicht, ob wir es nun wollen oder nicht, miteinander verwoben? Eint uns alle denn nicht der gleiche Wahnsinn? Achten Sie genau auf das, was ich Ihnen sage, mein Freund, denn nicht einmal ich selbst vermag mich zu verstehen. Ich befürchte, daß ich mich in einige Widersprüche verwickle. Haben doch all diese vernünftigen Zweifel an der Statthaftigkeit meiner Zurückgezogenheit und meiner Weltentsagung wenig zu tun mit der Moral meiner Geschichte von den Blutegeln – eine Geschichte, die ich natürlich niemals erlebt habe – oder mit der Gleichgültigkeit, in der mich die Geschehnisse draußen in der Welt lassen, während ich in meinen schönen Büchern blättre. Sollte es zutreffen, daß gerade die Menschen, die sich widersprechen, die aufrichtigsten sind? Wie dem auch sei, Bautista, ich ahne, daß dieser Brief ein wichtiger Meilenstein in meinem Leben sein wird. Von dem Bericht, den Sie mir geben werden, wird vieles abhängen. Deshalb ist mir so daran gelegen, Punkt für Punkt sämtliche Reaktionen des Herrn Grafen zu kennen, bevor ich den Versuch der Annäherung unternehme. Vielleicht wird mit alldem eine neue Epoche der Menschheitsgeschichte anbrechen. Eine Epoche, in der alle Egoismen verbannt sein werden. Ach, mein Freund! Begreifen Sie? Sie, in Ihrer ganzen Kleinheit und Borniertheit, werden sich in den Grundstein einer gewaltigen universellen Verbrüderung verwandeln! Bekommen Sie nicht Lust, meine Hände zu küssen und mir beim Andenken derer, die Sie am meisten lieben, zu schwören, daß Sie beim Erfüllen Ihrer Mission über die bloße Pflichterfüllung noch hinausgehen werden? Heute nachmittag, mein guter Bautista, werden Sie sich in einen neuen

Michail Strogoff, in einen tapferen Kurier des Zaren, verwandeln, bereit, den größten Gefahren zu trotzen, nur um dem Empfänger die Botschaft zu überbringen, die man Ihnen anvertraut hat. Was bedeutet angesichts einer so erhabenen und schönen Mission da schon die Gefahr, daß der Herr Graf Sie trotz der grünen Frösche, trotz der Korrektheit Ihrer Manieren und trotz allem anderen mit einer schönen Rute aus Eschenholz verbläut? Denn, wenn ich ehrlich sein soll, es kann sein, daß die Frösche nicht Talismans genug sind, Sie vor einer Tracht Prügel zu bewahren. Um so mehr, wenn man in Betracht zieht, daß Don Demetrio Sie in Gesellschaft seiner Gattin empfangen kann und Sie die Tierchen in diesem Fall nicht zu Hilfe nehmen können. Wenn dies der Fall ist – ich sagte es Ihnen bereits, aber ich möchte es noch einmal wiederholen –, vergessen Sie die Frösche. Sie in Anwesenheit der Gräfin aus der Tasche zu holen, ich bestehe auf diesem Punkt, wäre äußerst gefährlich. Beim ersten Kreischen der erlauchten Dame wird der Herr Graf sich mit dem Dolch in der Hand auf Sie stürzen. Denken Sie also daran: In Gegenwart von Doña Beatriz dürfen Sie weder die Frösche aus der Tasche holen noch einen Schritt tun. Halten Sie Ihre Hinterbacken ruhig. Ich weiß aus sicherer Quelle, daß Don Demetrio so eifersüchtig ist wie eh und je. Verharren Sie reglos so lange wie nötig. Den Blick auf den Boden geheftet. Was auch geschehen mag. Auch wenn der Herr Graf, in Anspruch genommen durch irgendeine dringende

Angelegenheit, das Zimmer verläßt und Sie mit Doña Beatriz allein läßt. In diesem Fall würde die Situation sich außerordentlich komplizieren. Sie können sich vorstellen, mein lieber Freund, daß es mir einerlei ist, was zwischen der Frau Gräfin und Ihnen geschehen kann. Es wäre indes nicht das erste Mal, daß eine Dame von hoher Geburt sich durch die prächtige Roheit eines gemeinen Mannes gefangennehmen und sogar verführen läßt. Abgesehen von irgendwelchen moralischen Erwägungen wird dieser Umstand alsbald Anlaß schwerer Komplikationen. Das lehrt uns die Geschichte. Da haben Sie zum Beispiel den Fall Faustinas, die, wiewohl Imperatorin von Rom, sich unsterblich in einen Gladiator verliebte. Sie lächeln wieder? Erscheint Ihnen der Vergleich drollig? Nun ja, Sie haben wenig von einem Gladiator, aber auch Doña Beatriz ist nicht so schön, wie jene Dame gewesen sein soll. Die Proportionen sind also gewahrt. Es steht zwar nicht in den Geschichtsbüchern, aber es ist zu vermuten, daß in diesem Fall die Initiative von Faustina ausging. Zweifellos war sie es, die dem Gladiator Avancen machte. Und die Geschichte kann sich wiederholen. Doña Beatriz ist, wie alle Dicken, recht schüchtern, jedoch imstande, hinter einem Schleier schamhaften Gehabes die überwältigendsten Leidenschaften zu verbergen. Versuchen wir also, uns die Situation vorzustellen, die sich ergeben könnte. Machen wir es wie im Kino, drehen wir den Film zurück, und begeben wir uns an den Anfang. Der Herr Graf hat Sie im Beisein seiner Gattin empfangen. Sie übergeben ihm den Brief, und er schickt sich an, ihn zu lesen. Da präsentiert sich plötzlich ein Lakai und kündigt ihm mit erregter Stimme den Besuch des Erzherzogs an. Don Demetrio, etwas überrascht – der Besuch eines so hohen Würdenträgers in seinem Schloß ist nicht eben häufig –, stürzt aus dem Zimmer, in Richtung Bibliothek. Dort erwartet ihn die erlauchte Person. Er weiß um das Risiko, das er eingeht, wenn er seine Gattin mit Ihnen allein läßt, doch erwartet er sich vom Besuch des Erzherzogs hohe Pfründe und zögert daher nicht, dieses Risiko einzugehen. Mit anderen Worten, er zieht es, trotz seiner schon tausendfach bewiesenen Eifersucht, vor, einen fulminanten Ehebruch heraufzubeschwören, anstatt die Gelegenheit vorbeigehen zu lassen, ein ausgezeichnetes Geschäft abzuschließen. Er verläßt das Zimmer und schließt die Tür hinter sich. Gut. Jetzt sind Sie allein, eingehüllt in ein peinliches Schweigen. Die Initiative geht von Doña Beatriz aus, wie ich Ihnen schon sagte. Sie seufzt tief auf und zwinkert Ihnen zu. Sie kneifen, und sie insistiert. Sie seufzt erneut, nähert sich Ihnen und versetzt Ihnen einen kleinen Schubser mit der Hüfte. (Ein Stoß, der in Anbetracht der Umfänglichkeit ihrer Hüften geringfügig, ja kaum mehr als ein Streifen sein dürfte.) Wir wollen einmal sehen: Was würden Sie angesichts einer solchen Provokation tun, Bautista? Wie würden Sie reagieren? Wären Sie Kavaliers genug, die Abwesenheit Don Demetrios zu respektieren? Ich möchte Ihnen auch jetzt nicht verhehlen, daß Sie sich in einem argen Dilemma befinden, mein Freund. Sie sehen schon, wohin Sie auch schauen, überall lauern Gefahren. Denn wenn Doña Beatriz sich Ihnen schmeichelnd nähert und Sie den Drückeberger spielen, kann sie in Zorn geraten. Das ist schlecht. Sie wissen ja, was in solchen Fällen geschieht. Die Frauen vermögen demjenigen zu verzeihen, der sich bei ihnen vergißt, niemals jedoch dem, der eine günstige Gelegenheit nicht nutzt. Wenn die Frau Gräfin Ihnen also zuzwinkert und Sie errötend den Blick zu Boden senken, würden Sie Gefahr laufen, sie zu ihrer schlimmsten Feindin zu machen. Gewiß würde sie den Spieß umkehren und Sie bei der Rückkehr des Herrn Grafen eben jener Sünde zeihen, welche diese durchtriebene Person selbst zu begehen im Sinn hatte. »Da ist dieser niederträchtige Kerl!« wird sie ausrufen. »Muß mein Gebieter es sich vielleicht gefallen lassen, daß seine Gattin von einem Diener bestürmt wird?« Eine solche Anschuldigung, mein armer Freund, würde Ihr Todesurteil bedeuten. Bevor Sie auch nur den Mund zu Ihrer Verteidigung öffnen könnten, würde Ihnen der Dolch des Herrn Grafen schon tief im Herzen stecken. Es mag also nicht überflüssig sein, wenn wir diesen heiklen Aspekt noch einmal in Ruhe betrachten. Die Alternative, vor der Sie stehen, ist folgende: Den Handschuh dieser Liebesfehde aufheben oder ihn nicht aufheben, das heißt, sich der Laune von Doña

Beatriz fügen oder ihr vom ersten Augenblick an jede Illusion nehmen. Was meinen Sie, Bautista? Ich glaube, daß es in gewisser Weise vorzuziehen wäre, wenn Sie auf das Liebeswerben dieser Frau eingingen. Weshalb nicht? Was können Sie verlieren? Vorwärts also, mein tapferer Romeo! Wenn die Frau Gräfin Ihnen tatsächlich zuzwinkert, dann antworten Sie ihr, ohne zu erröten, auf der Stelle mit einem leidenschaftlichen Blick. Was von diesem Augenblick an geschehen kann, ist ein Rätsel, denn die Frauen haben keinen Hang zur Logik, sie funktionieren mit Wechselstrom. Womöglich bekommt Doña Beatriz es mit der Angst zu tun, wenn sie sich von Ihrem Blick getroffen fühlt, und tritt den Rückzug an. Vielleicht rückt sie aber auch vor. Um so besser. Sie nehmen das Angebot an und damit auch das Risiko auf sich, daß der Herr Graf unerwartet zurückkehrt und Sie beide mitten bei der Arbeit überrascht. Ist Ihnen klar, Bautista, wie viele Komplikationen sich ergeben, immer wenn wir Menschen versuchen, die Zukunft vorauszusehen? Es gibt zahlreiche Alternativen. Allererste Prämisse – damit all unsere Ausklügelungen überhaupt einen Sinn haben – ist, daß Don Demetrio Sie in Gesellschaft seiner Gattin empfängt. Von da an entfaltet sich ein breiter Fächer möglicher Situationen. Erste Möglichkeit: Don Demetrio, in Anspruch genommen durch irgendeine dringende Angelegenheit, unterbricht die Lektüre des Briefes und verläßt das Zimmer. Zweite Möglichkeit: Die Frau Gräfin schickt sich in unzweideutiger Weise an, Sie zu verführen. Dritte Möglichkeit: Sie, der Sie schließlich und endlich ein Mann sind, gehen auf das Angebot ein. Vierte Möglichkeit: Doña Beatriz macht, im Gegenteil zu manch anderen Frauen, im letzten Augenblick keinen Rückzieher. Fünfte Möglichkeit: Der Herr Graf kommt vorzeitig zurück, ohne auf dem Korridor mit den Sporen zu klirren, und überrascht Sie beide auf dem Kanapee, wo Sie gerade dabei sind, die günstigste Position zu suchen. Es sind aber auch noch andere Situationen möglich. Zum Beispiel können Sie es sein, der – aus schweren moralischen Bedenken oder physiologischer Unfähigkeit – der Frau Gräfin im entscheidenden Moment eine lange Nase macht. Oder die Aufforderung zum Ehebruch könnte von Ihnen ausgehen, Bautista, ohne daß Sie auf die Initiative von Doña Beatriz warten, denn von einem Mann mit einem derart sinnlichen Hinken wie dem Ihren kann man einiges erwarten. Möglich, daß sie dann einwilligt. Oder auch nicht. Es kann sogar sein, daß die Liebesavancen gegenseitig und gleichzeitig erfolgen oder, wiewohl gegenseitig, nicht gleichzeitig geäußert werden. Kurz, es kann so vieles geschehen. Quälen wir uns daher nicht länger. Was ich jedoch klarstellen möchte, ist, daß es mir völlig einerlei ist, was Sie mit der Frau Gräfin treiben. Auch ich habe meine Gelegenheiten gehabt, und der Teufel ist Zeuge, daß ich sie zu nutzen wußte. Nehmen wir jedoch an – ohne das Panorama noch mehr zu komplizieren –, daß Sie und die Frau Gräfin, das Alleinsein nutzend, miteinander zu kommunizieren wünschen und daß der Herr Graf beim Betreten des Zimmers Sie beide bei leidenschaftlicher Kommunikation überrascht. Das wäre das Schlimmste. Denn glauben Sie vielleicht, Bautista, daß der Herr Graf auch nur die geringste Lust verspürt, die Lektüre des Briefes fortzusetzen, nachdem er seine Frau in den Armen des Briefträgers überrascht hat? Ich glaube nicht, daß sich die Sitten in all den Jahren so verändert haben, Bautista. Deshalb würde ich es vorziehen, daß Don Demetrio Sie allein empfängt. Wir würden uns eine Menge zusätzlicher Probleme ersparen, und im Notfall könnten Sie immer noch in aller Ruhe auf die Frösche zurückgreifen. Letztlich haben wir noch gar nicht die Möglichkeit in Erwägung gezogen, daß Don Demetrio im Verlauf dieser zwanzig Jahre Witwer geworden ist. Zwar habe ich keine Nachricht in diesem Sinne erhalten; auch ist der Prozentsatz der Ehefrauen, die ihre Männer überleben, weitaus höher als umgekehrt. Doch im Falle Don Demetrios könnte es die Ausnahme gegeben haben, welche die Regel bestätigt. Und für uns wäre es am günstigsten, wenn Don Demetrio verwitwet wäre. Sie wissen ja, wie man sagt: Niemand lebt glücklicher als ein Witwer ohne Kinder. Nehmen wir jetzt einmal an, die Dinge sind so, wie wir sie wünschen. Nehmen wir an, Don Demetrio, verwitwet und glücklich, empfängt Sie allein. Kaum erblickt er Sie an der Tür, springt er vom Kanapee auf und läuft

Ihnen entgegen. Vom ersten Augenblick an weiß er, daß Sie mein Diener sind. »Gott sei gelobt!« ruft er aus. »Geben Sie mir endlich diesen Brief, auf den ich schon so lange warte!« Sie übergeben ihn ihm, und er beginnt, ihn wie eine Fahne über dem Kopf zu schwenken. Um seinen Jubel zu rechtfertigen – der für Sie in gewisser Weise unverständlich ist –, erklärt er Ihnen, daß dieser Brief endlich einen Schlußpunkt unter zwanzig Jahre Ressentiments und Entfremdung setzt. Zumindest ist das seine Hoffnung. »Ihr Herr mußte jedoch den ersten Schritt tun«, erklärt er, sich in die Brust werfend, »denn Sie müssen wissen, daß ich der Beleidigte war und er der Beleidiger.« Fragen Sie mich jetzt nicht, Bautista, was dies für eine Beleidigung war. Ich erinnere mich nicht, zuviel Zeit ist vergangen. Es kann sein, daß es zwischen dem Herrn Grafen und mir irgendeine Differenz gegeben hat. Vielleicht ging es um eine Frau. Womöglich Doña Beatriz, doch die Einzelheiten hat der Wind davongetragen. Don Demetrio ist jedoch ein rachsüchtiger Mensch, und wenn es tatsächlich etwas zwischen uns gegeben hat, wird er es nicht vergessen haben. Ich kenne ihn recht gut. Männer wie er mögen die Zähne verlieren, aber niemals das Gedächtnis. Er wird also in all den Jahren auf mein Entschuldigungsschreiben gewartet haben. Geben Sie jetzt acht, was geschehen kann, denn die Dinge werden immer komplizierter. Don Demetrio nimmt den Brief entgegen, liest den Namen des Absenders und reibt sich die Hände. Er

erinnert sich sehr gut an mich und denkt, daß er nun endlich volle Genugtuung für eine alte Beleidigung erhalten wird. Seine Ehre wird wiederhergestellt sein. Er öffnet den Umschlag, entfaltet den Brief und seufzt. Seine Nasenflügel weiten sich unmerklich, seine Augen glänzen. Was aber kann er lesen? Nichts, vom Briefkopf abgesehen. Alles, was folgt – ein einziges Kauderwelsch. Er glaubt, daß es seine Schuld ist – unwissende Menschen zweifeln zunächst immer an sich selbst –, und eine Stunde lang bemüht er sich angestrengt, den ersehnten Entschuldigungssatz in dem Brief ausfindig zu machen. Schließlich gibt er auf. Seine Zähne schlagen aufeinander. Jetzt sieht er alles ganz klar. Das kalligraphische Chaos, so denkt er, hat nur einen Zweck: ihn noch mehr zu demütigen. Der alte Affront – denn jetzt erinnere ich mich, daß es tatsächlich einmal eine Frauengeschichte zwischen uns gegeben hat – wird wieder lebendig, verstärkt durch zwanzig Jahre Schweigen. Er erbleicht vor Wut. Er gerät in Zorn. Er ballt die Fäuste und verflucht meine Seele. Er ruft seine Diener und befiehlt ihnen, Sie zu verprügeln. Vielleicht wird er Sie aber auch am Kragen packen und sich lieber durch eigene Hand Genugtuung verschaffen. Denn Sie sind, wie ich schon sagte, der unselige Briefträger, und wo es kein Brot gibt, nimmt man den Kuchen. Ob er in dieser Weise reagiert oder aber beschließt, sich nichts anmerken zu lassen und einen Text zu erfinden, wie wir bereits in Betracht gezogen haben, ist mir völlig schnuppe. Das ist einzig und allein Ihr Problem. Was ich jedoch nicht ertragen könnte, ist, daß er sich plötzlich und unerwartet mit der Dunkelheit des Briefes abfindet und eine halb verächtliche, halb mitleidige Haltung dem gegenüber einnimmt, was für mich letztendlich eine Geste guten Willens ist. Denn mein Brief, Bautista – ich erinnere mich jetzt nicht, ob ich Ihnen das schon gesagt habe, wenn nicht, dann sage ich es Ihnen jetzt –, ist vor allem der Versuch eines Dialoges, und der Versuch eines Dialoges ist immer die Möglichkeit einer Liebe. Aber fahren wir fort. Stellen wir uns vor, daß Don Demetrio, nachdem er einen raschen Blick auf den Brief geworfen hat, traurig den Kopf schüttelt. »Nach dem, was ich sehe«, sagt er mit seiner fürchterlichen, näselnden Stimme, »ist Ihr Herr, der Marquis von Q., ein hoffnungsloser Fall. Er ist genauso exzentrisch wie eh und je. Wäscht er sich immer noch die Füße mit französischem Champagner?« Jetzt möchte ich Sie sehen, Bautista. Enttäuschen Sie mich nicht. Wenn der Herr Graf Ihnen gegenüber diese Bemerkung macht, dann erlaube ich Ihnen, daß Sie energisch reagieren. Verlieren Sie nicht den Anstand, aber beißen Sie sich auch nicht auf die Zunge. Versichern Sie ihm, daß ich nicht verrückt bin. Sagen Sie ihm, daß meine einstigen Extravaganzen – denn ich gebe zu, daß ich mir mehr als einmal die Füße in französischem Champagner gewaschen habe – dazu dienten, mir jetzt die Vorzüge eines durch Genügsamkeit und innere Versenkung geheiligten Lebens vor Augen zu führen. »Herr Graf«, können Sie ihm erwidern, »Sie irren sich kläglich, wenn Sie meinen, daß mein Herr immer noch der ist, der mit Ihnen so viele Nächte voll Wein und Rosen teilte. Sie irren sich, wenn Sie meinen, daß er derselbe ist, der Ihre beiden Schwestern verführte und beinahe mit Ihrer Gattin, Doña Beatriz, durchgebrannt wäre, als das Aufgebot für Sie bereits bestellt war. Mein Herr ist heute ein anderer Mensch. Ein Mensch, der entschlossen ist, die Zuneigung und Achtung aller wiederzugewinnen. Wenn er auch gewiß gesündigt hat, so war seine Buße doch groß und befreit ihn von jeder Schuld. Beachten Sie überdies die Farbe dieses Anzugs. Und diese beiden Frösche. Er war es, der mir auftrug, sie mir in die Tasche zu stecken, erinnert er sich doch sehr gut, daß Sie eine Leidenschaft für die Farbe Grün haben. Erscheint Ihnen dies nicht als ein Beweis guten Willens?« Ich glaube, wenn Sie ihm das auseinandersetzen, wird der Herr Graf beginnen, Sie mit anderen Augen zu sehen. Beharrt er jedoch trotz allem auf meiner Verrücktheit, dann bitte ich Sie dringlichst – wohlgemerkt, ich sage dringlichst, vom Verbum dringen –, daß Sie noch unnachgiebiger in Ihrer Haltung werden. Ich erlaube Ihnen sogar, die Arme zu kreuzen und die Miene eines Mannes aufzusetzen, der Erklärungen nicht so sehr gibt, als daß er sie fordert. »Na schön«, können Sie ihm sagen, »mein Herr hat Sie vor zwanzig Jahren zutiefst enttäuscht. Und er hat auch alle anderen enttäuscht, die in irgendeiner Weise so unvorsichtig waren, ihm zu vertrauen. Das Spiel beruhte jedoch auf Gegenseitigkeit, bedenken Sie das. Denn wenn mein Herr Sie alle enttäuscht hat, so haben Sie alle auch ihn enttäuscht. Wir leben in einer Welt gegenseitigen Betruges. Zudem, war es etwa nicht der Herr Marquis, der auf das Gepränge seines Jahrhunderts verzichtete? War nicht er es, der durch den Rückzug in sein Schloß so vieler Heuchelei und Selbstsüchtigkeit den Rücken kehrte? Und hat er sich nicht eine Buße von zwanzig Jahren Einsamkeit auferlegt? Sie tun also sehr schlecht daran, Herr Graf, wenn Sie die Dinge so unbesonnen betrachten. Seien wir nicht zu oberflächlich. Anstatt seinen Brief mit einem mitleidigen Lächeln aufzunehmen, hätten Sie, so meine ich, vielmehr zu schätzen wissen sollen, was dieser Brief bedeutet. Sie mögen denken, daß ein Schreiben, das in der ehrlichen Absicht verfaßt wurde, nicht verstanden zu werden, ein absurdes Schreiben ist. Gehen wir der Sache jedoch etwas mehr auf den Grund. Wäre es ihm nur darum zu tun gewesen, einen unlesbaren Brief zu schreiben, dann hätte mein Herr ihn an jeden anderen Edelmann der Gegend schreiben können. Er hat ihn jedoch gerade an Sie gesandt. Und er hat seinen Namen auf den Umschlag geschrieben, damit Sie keinerlei Zweifel über die Identität des Absenders haben. Erscheint es Ihnen nicht bedeutsam, daß er bei seinem Entschluß, auf dem Postweg in sein Jahrhundert zurückzukehren, zuallererst an Sie und nicht an irgend jemand anderen gedacht hat? Erscheint Ihnen das nicht als ein rührendes Detail? Fühlen Sie sich nicht geehrt bei dem Gedanken, Empfänger eines verzweifelten Briefes zu sein? Stellen Sie sich einmal vor, Sie sind ein Schiffbrüchiger, und es gelingt Ihnen, schwimmend eine kleine Insel zu erreichen. Die Jahre gehen dahin. Nicht ein Schiff am Horizont. In der bitteren Einsamkeit erlernen Sie die schwierige Liebe zu den Palmen und den Insekten, die im Dickicht zirpen. Ihr Geist reinigt sich. Da endlich, eines Morgens, sehen Sie in der Ferne den Umriß des rettenden Segelschiffes. Plötzlich fühlen Sie die ganze Erschütterung der Wiederbegegnung mit einer Welt, die Sie für immer verloren geglaubt hatten. Aufgewühlt durch diese Emotion, stürzen Sie dem Schiff entgegen, das zu Ihrer Rettung herbeieilt. Und nun frage ich Sie, Herr Graf: Wie würden Sie sich in einer solchen Situation verhalten? Würden Sie nicht alle gesellschaftlichen Etiketten und alle Höflichkeiten über Bord werfen? Könnte irgend jemand den langen Schrei kritisieren, der sich mit Sicherheit Ihrer Kehle entringen würde? Deshalb, Euer Hochwohlgeboren, meine ich, daß Sie noch heute meinem Herrn ebenfalls mit einem verzweifelten Brief antworten sollten. Sie und alle anderen, die einen Brief wie den erhalten können, den ich Ihnen soeben überreicht habe. Auf diese Weise wird sich die Verzweiflung in etwas Alltägliches verwandeln, in einen irrwitzigen Postverkehr. Weshalb mit frommen Lügen weitermachen? Schluß jetzt mit den Heucheleien, Don Demetrio! Schluß mit den barmherzigen Formeln! Ein Hoch dem Geschrei, dem Geheul, den brutalen Konsonantenhäufungen! Machen wir unsere Angst unmißverständlich deutlich. So lange, bis wir endlich das ganze Ausmaß unseres Unglücks begreifen können. Glauben Sie nicht, Herr Graf, daß aus so vielen absurden Briefen am Ende der erste Buchstabe eines neuen, prächtigen Alphabets entstehen könnte? Glauben Sie nicht, daß die Menschen, erschrocken über so viel unartikuliertes Geschrei, sich schließlich die Hände reichen würden? Meinen Sie nicht, daß sich zu guter Letzt ein unangefochtenes Esperanto durchsetzen würde, mit dessen Hilfe wir uns mit allen verständigen könnten, ohne der Wörterbücher noch zu bedürfen? Ich will Ihnen mit alldem sagen, sehr verehrter Herr Graf, daß wir erst einmal die Natur und das Ausmaß unserer Krankheit kennen müssen, bevor wir uns die Medizin und die entsprechende Dosis verabreichen können. Wir müssen ein volles Bewußtsein davon haben, wie schlecht es uns geht. Wir müssen ein für allemal auf Trostpflaster verzichten. Weshalb denn die Agonie noch verlängern?« Verzeihen Sie meine Erregung, Bautista, aber ich sehe mich gerade an Ihrer Stelle, wie ich Don Demetrio meinen eigenen Brief übergebe und versuche, ihn davon zu überzeugen, daß Gott trotz allem gut ist und nicht alle Wege unserer Rettung völlig versperrt hat. Aber nein! Seien Sie unbesorgt, mein lieber Freund! Ich will Sie dieser Ehre nicht berauben! Sie werden es sein, der ihm den Brief überbringt. Das wäre ja noch schöner! Und ich versichere Ihnen, wenn Sie die Rede, die ich Ihnen gerade vorgeschlagen habe, so vor Don Demetrio wiederholen werden, dann wird er allmählich zusammenschrumpfen und schließlich einen geistigen Kniefall vor Ihnen tun. Vielleicht wird er Ihnen am Ende sogar die Hände küssen, denn wir können niemals wissen, wozu ein Mensch fähig ist, wenn er auf einmal entdeckt, daß er nicht allein ist und es noch jemanden gibt, der denkt wie er. Problematisch kann es allerdings werden, wenn Don Demetrio sich einbildet, nicht allein zu sein. In diesem Fall, Bautista, wird er sich unseren sämtlichen Argumenten unzugänglich zeigen. »Weshalb sprechen Sie mir von Verzweiflung?« wird er Sie mit hochgezogenen Augenbrauen fragen. Und vielleicht wird er Ihnen dann lachend sagen, daß er nicht verzweifelt ist, sondern sich vielmehr als sehr glücklich erachtet. »Nichts fehlt mir in dieser Welt«, wird er Ihnen erklären. »Meine Gesundheit ist ausgezeichnet, mein Vermögen unermeßlich, und obendrein habe ich das gewaltige Glück, mein Lager mit der zuvorkommendsten und liebenswertesten Ehefrau zu teilen. Nennt man das nicht Glück?« O Bautista! Wenn Don Demetrio die Dreistigkeit besitzt, dergleichen zu behaupten, gestatte ich Ihnen, daß Sie sich ostentativ in seiner Gegenwart bekreuzigen, wie eine alte Betschwester, wenn sie vom Teufel reden hört! »Sie und glücklich?« erwidern Sie daraufhin mit heiserer Stimme, »Sie, der Sie trotz Ihrer vierzig Kilo Ihr ganzes Leben lang dicken, mütterlich aussehenden Frauen hinterhergelaufen sind, um die Verantwortungslosigkeit der verlorenen Kindheit wiederzufinden? Sie, der Sie Ihre obsessive Neigung für die Farbe Grün in alle Winde hinausposaunen, als gäbe es auf der Welt keine andere Farbe? Sie, der Sie sich damit brüsten, mit einem halben Dutzend Oliven über den Tag zu kommen? Kann ein Mensch sich als glücklich betrachten, der sich seit Jahren mit einer solchen Diät abplagt? Weist dieser sprichwörtliche Mangel an Appetit etwa nicht auf ein verborgenes Leiden Ihres Verdauungsapparates hin, auf einen erbarmungslosen Krebs zum Beispiel, der Sie ins Grab zu bringen vermag, bevor noch der Hahn kräht? O nein, mein Herr! Verzeihen Sie, wenn ich so offen spreche, aber Sie sind nicht glücklich, so sehr Sie es auch sein wollen.« An diesem Punkt angelangt, kreuzen Sie die Arme und umfassen Don Demetrio mit einem strengen Blick. Verharren Sie eine gute Weile in Schweigen, lassen Sie ihm Zeit nachzudenken, und Sie werden erleben, wie dieser arme Mann erneut in Tränen ausbricht. »Sie haben recht«, wird er sodann zugeben. »Ich bin nicht glücklich. Ich war niemals glücklich. Es war anmaßend von mir zu behaupten, ich wäre es.« In diesem Augenblick, Bautista, müssen Sie schon Ihre unnachgiebige Haltung aufgeben. Nehmen Sie seine Entschuldigung an, und versuchen Sie, ihn zu trösten. Vergessen Sie, was ich Ihnen zuvor über die Wollust des Weinens sagte. Stärken Sie ihn mit einer Umarmung. »Ich gratuliere Ihnen, Herr Graf«, sagen Sie ihm, »ich gratuliere Ihnen, weil Sie Ihr Bewußtsein wiedergewonnen haben. Endlich erkennen Sie, daß Sie nicht glücklich sind und daß die Welt um Sie herum ein eitler Mummenschanz ist. Öffnen Sie jedoch jetzt Ihre Augen jener anderen Welt, die Sie bislang nicht wahrgenommen haben. Ich meine die Welt der Insekten, die sich mit der Ordnung und Präzision eines Planetensystems bewegt. Sie weisen uns den Weg zum Glück. Wissen Sie denn nicht, lieber Herr Graf, daß diese kleinen Geschöpfe meinem Herrn die unbeschreiblichsten Emotionen verschafft haben? O ja, Don Demetrio! Wenden auch Sie sich diesen winzigen Lebensformen zu! Nähern Sie sich diesen konsequenten Geschöpfen! Lernen Sie die Mannigfaltigkeit ihrer Formen zu schätzen und dringen Sie in das unwegsame Labyrinth ihrer Instinkte ein! Preisen Sie die Redlichkeit ihres Lebenswandels! Ich versichere Ihnen, daß Sie nach Vollendung Ihrer Lehrzeit in dieser zart vibrierenden Welt der Wahrheit sehr viel näher sein werden ...« Nehmen wir jetzt einmal an, daß Don Demetrio, etwas beschämt ob seiner vorherigen Tränen, eine Entgegnung versucht. »Sie sprechen mir von der Ordnung und der Redlichkeit der Insekten«, erwidert er, während er die Augen mit dem Taschentuch trocknet, »was aber sagen Sie über ihre Grausamkeit?« Wenn der Herr Graf Ihnen diese Frage stellt, dann bringen Sie die Gottesanbeterin aufs

Tapet, die als eines der grausamsten Insekten gilt. Räumen Sie ein, daß die Gottesanbeterin in der Tat ein Geschöpf mit recht verdächtigem Lebenswandel ist, mit einem unersättlichen Appetit, von dem sie sich bis zum Kannibalismus fortreißen läßt. Verwahren Sie sich jedoch dagegen, daß man sie als grausam oder heuchlerisch bezeichnet. Die Gottesanbeterin hat die Vorderbeine stets zu einer flehenden oder bittenden Gebärde gefaltet, aber nicht in der Absicht, irgend jemanden zu täuschen. Sie tut nichts anderes, als die Haltung einzunehmen, die ihr am wirkungsvollsten erscheint. Grausamkeit und Heuchelei sind Sache der Menschen. Es gibt jedoch Insekten, die man noch nicht einmal zu Unrecht anklagen darf. Da haben Sie, ohne daß wir erst lange suchen müßten, den Goliathkäfer, ein schrecklich anzusehendes Tierchen. Zwar besitzt er nicht die beeindruckenden Hörner des Nashornkäfers, aber an Körpermasse übertrifft er diesen noch. Wenn er seine schwarzen, dehnbaren Flügel entfaltet, ist seine Flügelspannweite größer als die manches Sperlings. Es handelt sich, wie Sie sehen können, um ein großes, stattliches Geschöpf, und doch läßt es sich zuweilen von sanften Negerkindern fangen, fliegt zahm im Kreis, festgebunden an der von ihnen gehaltenen Schnur, wie ein schwerfälliges, schnurrendes Karussell. Sagen Sie mir, Bautista – oder vielmehr, sagen Sie mir, Herr Graf, wofern Sie Don Demetrio gegenüber dieses Beispiel zu erwähnen wünschen –, welcher Mensch in unserem Land wäre bereit, sich von einem Schwarm Zulukinder fangen zu lassen? Wer würde sich am Knöchel oder am Bein festbinden lassen und um diese kleinen ebenholzschwarzen Lausejungen herumfliegen? Es wird Ihnen letztlich nicht an Argumenten fehlen, Bautista, um den Herrn Grafen zu überzeugen. Da ist er also, das Kinn auf die Brust gesenkt, die Stirn gerunzelt, bereit, die Vernünftigkeit Ihrer Argumente anzuerkennen. Sehr schön. Stellen wir uns dieses glückliche Ende vor. »Gut«, sagt er nach einem tiefen Seufzer. »Da die Welt sich dem Betrug und der Unredlichkeit verschrieben hat, werde auch ich dorthin fliehen, wo ihre Falschheit mich nicht erreichen kann. Ich werde tun, was Ihr Herr vor zwanzig Jahren getan hat, denn er ist trotz allem immer ein kluger Mann gewesen.« Ist dieser Punkt erreicht, mein Freund, dann können wir Ihre Mission als erfüllt betrachten. Das Samenkorn ist jetzt gesät. Sie können Don Demetrio daher um Erlaubnis bitten, sich zu entfernen und mit der Nachricht meines Sieges hierher zurückkehren. Wahrscheinlicher ist indessen, daß der Herr Graf Ihnen noch nicht gestattet, sein Schloß zu verlassen. »Nein, gehen Sie noch nicht, guter Mann«, wird er Ihnen in diesem Fall sagen. »Bleiben Sie an meiner Seite, bis ich dem Herrn Marquis meine Antwort geschrieben habe. Denn auf der Stelle, ohne weiteren Verzug, werde ich Ihrem Herrn einen ebenso absurden Brief schreiben, wie er ihn mir gerade geschickt hat. Er soll wissen, daß er ab heute nicht mehr allein ist.« Das wär's. Ende gut, alles gut. Stürmischer Beifall erklingt. Quälen wir uns nicht länger mit Gedanken an einen weniger glücklichen Ausgang. Morgen werde ich weitere närrische Briefe schreiben, und schließlich und endlich wird die Welt begreifen, daß der Schmerz allgemein ist und daß dringendere Maßnahmen geboten sind als eine einfache Verfassungsreform. Ein Teil dieses Erfolges wird Ihnen gebühren, Bautista. Bereiten Sie sich also jetzt vor, zum Schloß von Don Demetrio zu gehen, und möge Gott Ihnen beistehen. Fangen sie das Paar Frösche, kleiden Sie sich grün, nehmen Sie den Regenschirm – ob es nun regnet oder nicht –, kommen Sie sodann zu mir, und ich werde Ihnen weitere Anweisungen geben. Sie müssen nämlich wissen, daß die Probleme sich nicht auf den Empfang beschränken, den der Herr Graf Ihnen bereiten kann. Wir haben noch andere Feinde. Leute, die weder Sie noch ich kennen, die jedoch keinesfalls zulassen werden, daß Sie einen Brief überbringen, der den Beginn eines neuen Goldenen Zeitalters bedeuten kann. Was haben Sie jetzt, Bautista? Weshalb machen Sie so ein Gesicht? Haben Sie geglaubt, daß alle Schwierigkeiten sich auf Don Demetrio konzentrierten? Mitnichten, mein armer Freund. Sie werden noch andere Hindernisse überwinden müssen. Von hier bis zum Schloß von Don Demetrio sind es, wenn Sie gut ausschreiten, mehr als zwei Stunden. Ich sagte Ihnen bereits, daß Sie zwischen zwei Wegen wählen können, dem, der den Fluß auf der steinernen Brücke überquert, und dem, der durch das Ulmenwäldchen führt. Ich bat Sie, diesen zu nehmen, weil er durch die Mitte des Dorfes geht und es mich zweckmäßig dünkte, daß alle Sie mit meinem Brief in der Hand sähen. Das Schlimmste ist, daß die Feinde, die ich meine, Ihnen leicht im Schutz der Bäume eine Falle stellen können, wenn Sie an das Wäldchen kommen. Dies ist ohne Zweifel eine Gefahr, der Sie standhaft ins Auge schauen müssen. Sie fragen mich, was das für Feinde sind? Seien Sie doch nicht so naiv, Mann Gottes. Es sind die nämlichen wie eh und je. All die Fliegen, die seit Jahren auf dem Kadaver unseres Unglücks, auf der Traurigkeit unserer Einsamkeit leben. Die sich dabei gefallen, Gift in die Adern der Menschen zu träufeln, wie der Dichter sagt. Wo sie sind? Das werde ich Ihnen klar und deutlich sagen: Sie sind überall. Buchstäblich. In allen Winkeln, selbst in den unverdächtigsten. Sie bilden, um uns herum, eine weitreichende Organisation. Sie belagern unsere Schlösser Tag und Nacht und verhindern, daß die geringste Liebesbotschaft hinein- oder hinausgelangt. Ein Grund mehr – als wären ihrer noch nicht genug –, um die Unverständlichkeit meines Briefes zu rechtfertigen. Stellen Sie sich zum Beispiel vor, Sie fallen beim Verlassen des Schlosses diesen Gewissenlosen in die Hände. Sie durchsuchen Ihre Taschen und finden den Brief. Kann ich unter diesen Umständen das Risiko eingehen, ein Schreiben zu versenden, in dem meine Wünsche ohne Pein und Mühe gedeutet werden können, so leicht wie die Verse eines dichtenden Jünglings? Erscheint es Ihnen nicht logischer, sich mit Hieroglyphen zu behelfen? Ist es nicht besser, diese Kanaillen mit einem verschlüsselten Brief zu verwirren, in dem meine grenzenlose Liebe sich hinter scheinbarem Wahnsinn verborgen hält? Die Gefahren beginnen also, Bautista, sobald Sie aus dem Tor dieses Schlosses treten. Von hier bis zu Don Demetrios Festung werden es gute sieben oder acht Kilometer sein. Für einen Mann mit einem Bein, das kürzer als das andere ist – oder einem Bein, das länger als das andere ist, je nachdem, wie man es betrachtet –, ist es keineswegs einfach, diese Entfernung zurückzulegen. Sie könnten diese Reise zu Pferde tun, doch wie Sie wissen, ist mein einziges Pferd vor einigen Jahren an purer Langeweile gestorben, von Sehnsucht nach fernen Horizonten verzehrt. Es wird also kein reiner Spaziergang werden. Der Weg, ich sage es Ihnen noch einmal, kann mehr als zwei Stunden dauern. Das bedeutet, wenn Sie sich um drei Uhr auf den Weg machen, dann können Sie schon um fünf Uhr im Schloß des Herrn Grafen sein. Aber was mögen Sie denken, wenn ich Sie jetzt schon vor den Gefahren dieser Reise warne? Ans Werk also, begeben wir uns an den Anfang. Es ist drei Uhr nachmittags. Sie sind bereits grün gekleidet, haben die Frösche in der Tasche, und der Regenschirm baumelt an Ihrem linken Unterarm. Sie brennen vor Ungeduld, in Aktion zu treten. Sie erhalten meinen Segen – denn Sie sollen wissen, daß ich bereit bin, Ihnen meinen Segen zu erteilen – und schicken sich an aufzubrechen. Schon beginnen die Gefahren. Zunächst einmal dürfen Sie das Schloß nicht ohne Sinn und Verstand verlassen, würden Sie sich damit doch der Gefahr aussetzen, überrumpelt zu werden, kaum daß Sie die Zugbrücke überquert haben. Sie müssen zunächst das Panorama ausspähen. Steigen Sie auf den Außenturm – oder besser noch auf den Hauptturm – und kundschaften Sie die Umgebung aus. Vergewissern Sie sich, daß im Umkreis von einigen Kilometern keine Leute lagern. Steigen Sie dann in den Hof hinab und, auf dem Rundweg, den Nebenturm hinauf. Oben angelangt, widmen Sie besondere Aufmerksamkeit dem Ulmenwäldchen, wo diese Gewissenlosen auf der Lauer liegen können. Passieren Sie dann, am Eckturm, das Fallgatter, gehen Sie die zinnenbewehrte Rampe hinunter, umgehen Sie heimlich das Vorwerk und treten Sie schließlich durch das Turniertor nach draußen. Was erwartet Sie dann, kaum daß Sie sich vom Schatten unserer Zinnen entfernt haben? Ein wunderschöner Weg, der Sie ohne Schwierigkeiten ins Dorf führen dürfte. Ein Weg durch herrliche Weinberge, wie geschaffen für idyllische Landausflüge. Untersuchen wir diesen Weg jedoch näher, lassen wir uns nicht durch den Schein täuschen. Die ersten beiden Kilometer führt er durch flaches Land. Auf dieser Wegstrecke werden Sie leicht sehen können, ob sich Ihnen irgendein Unbekannter nähert, denn wenn jemand dies versucht, muß er es ohne Deckung tun, und Sie haben Zeit genug, Vorsichtsmaßnahmen zu treffen. Wenn sich Ihnen also jemand nähert, zeigen Sie keine Furcht. Nehmen Sie vielmehr die Haltung eines Mannes an, der nichts zu fürchten hat und nicht einmal den Verdacht hegt, er könnte Opfer eines Angriffs werden. Sie könnten sogar aus vollem Halse singen. Wenn dieser mögliche Feind dann – und so wie die Dinge sich entwickelt haben, sind alle Unbekannten potentielle Feinde –, wenn dieser mögliche Feind also auf Ihrer Höhe angelangt ist, bleiben Sie stehen, hören zu singen auf, kreuzen die Arme und schauen ihm unverwandt direkt in die Augen. Sprechen Sie nicht als erster. Warten Sie ab, daß der andere es tut. Vergessen Sie nicht, daß Sie sich letztendlich immer noch auf den Ländereien Ihres Herrn befinden und dieser Umstand Ihnen eine gewisse Autorität verleiht. Stellen wir uns sodann vor, daß diese finstere Person, nachdem sie Ihnen zweideutig einen Guten Tag gewünscht hat – was nichts zu sagen hat –, den Blick zum Himmel hebt und sagt, daß die Wolken Regen ankündigen. In diesem Fall wissen Sie bereits, woran Sie sind. »Sie vergeuden jämmerlich Ihre Zeit«, können Sie ihm antworten. »Sie müssen nämlich wissen, mein Freund, daß ich keinerlei Brief bei mir trage, und trüge ich einen bei mir, so würde es Ihnen nicht gelingen, ihn mir zu entreißen.« Vielleicht wird der Wanderer bei diesen Worten die Achseln zucken und große Augen machen, als wüßte er nicht, wovon Sie reden. Sie lassen sich jedoch nicht täuschen, denn diese Leute sind Meister der Verstellung. Bestehen Sie darauf, daß Sie keinerlei Botschaft mit sich führen, und während Sie ihm das erklären, tätscheln Sie vielsagend den Knauf des Regenschirms. Wenn Sie zeigen, wie sicher Sie sich ihrer Kräfte sind, wird der Unbekannte, nachdem er einige Worte der Entschuldigung gestammelt hat, kehrtmachen und mit eingekniffenem Schwanz abziehen. Damit will ich nicht sagen, daß er endgültig auf den Angriff verzichtet, wohl aber, daß er eine günstigere Gelegenheit abwarten wird, um ihn auszuführen. Er kann zum Beispiel warten, bis Sie sich in das Ulmenwäldchen begeben. Ich sagte Ihnen ja soeben, daß dies der gefährlichste Teil des Weges ist. Fünfhundert Meter, auf denen die Gefahr besteht, daß jemand plötzlich zwischen den Bäumen auftaucht und Ihnen unversehens den Weg verstellt. Der Wald ist nicht dicht, jedoch dicht genug, um einen Hinterhalt zu ermöglichen. Man kann Sie beim Kragen packen, bevor Sie Zeit haben, auch nur das Gesicht des Angreifers zu sehen. Seien Sie also besonders auf der Hut, und wenn Sie an den Grenzrain kommen, dann treiben Sie Ihre Vorsichtsmaßnahmen auf die Spitze. Machen Sie keinen Schritt vorwärts, ohne sich vorher abzusichern. Halten Sie den Atem an, und schärfen Sie das Gehör. Erschrecken Sie jedoch vor nichts, denn die Wälder sind voller Geraune. Weder Sie noch sonst jemand kann den Insekten, unseren bewundernswerten Brüdern, verbieten, weiter ihre Antennen zu bewegen und ihre geschlossenen Flügel in Sonne und Wind zu entfalten. Nicht sie sind schuld an unseren Verdrießlichkeiten. Denken Sie obendrein daran, daß schon ein einfaches Blatt, das sich vom Zweig löst, das Herz des Verzagten zu erschrecken vermag. Es leben auch Tiere im Wald, denen wir nicht das Recht absprechen können, sich zu bewegen, nur damit die Menschen, weil es ihnen gerade so paßt, in tiefstem Schweigen durch den Wald gehen können. Die Vögel singen, die Schlangen kriechen, und die Kaninchen lassen das Laubwerk rascheln. So ist es gewesen, und so wird es in alle Ewigkeit sein. Können wir denn, und sei es durch Königliches Dekret, bestimmen, daß diese Geschöpfe auf ihre althergebrachten Bewegungen verzichten? Es bleibt Ihnen also keine andere Wahl als zu versuchen, die verdächtigen Geräusche von den unverdächtigen zu unterscheiden. Es liegt zum Beispiel auf der Hand, daß Sie, wenn Sie schallendes Gelächter hören, mit äußerster Vorsicht vorgehen müssen, denn, von Hyänen abgesehen, ist noch kein Tier bekannt, das imstande wäre, zu lachen. Das Lachen, Bautista, ist eine ausschließlich menschliche Angelegenheit. Bleiben Sie daher, kaum daß es an Ihre Ohren dringt, stehen, und versuchen Sie herauszufinden, woher die Lachsalven kommen. Werfen Sie sich zu Boden und robben Sie bis zu jener Stelle. Rücken Sie mit Hilfe der Ellenbogen Zentimeter um Zentimeter vor. Es kann sein, daß das Gelächter von unseren Feinden kommt, die die Dummheit begehen, unsere Niederlage im voraus zu feiern. Es kann aber auch sein, daß die Lacher einfache Holzhauer sind. Suchen Sie sich einen geeigneten Beobachtungsposten, und examinieren Sie den Störenfried oder vielmehr die Störenfriede in aller Ruhe, denn es müssen mehrere sein, da niemand lacht, wenn er allein ist. Setzen Sie bei dieser Operation alle fünf Sinne ein. Die Holzhauer in dieser Gegend sind leicht zu erkennen. Es sind stämmige, bärtige Männer, die durch den ständigen Umgang mit der Axt mächtige Arme entwickelt haben. Sie benutzen karierte Hemden und tragen gewöhnlich eine schwarze Baskenmütze, die sie bis auf die Augenbrauen herabgezogen haben. Es besteht nun die Gefahr – meiner Gewohnheit folgend verhehle ich Ihnen kein Risiko –, daß unsere Feinde, um jeden Verdacht zu zerstreuen, sich als Holzhauer tarnen. Um einen Irrtum zu vermeiden, rate ich Ihnen daher, nicht nur auf die Art ihrer Kleidung zu achten, sondern auch auf ihre Gesichter. Der Zusammenhang zwischen Soma und Psyche ist nichts Neues. Einer ruchlosen Seele entspricht stets ein ruchloses Gesicht und umgekehrt. Zwar gelingt es einigen Schurken, in langen Stunden vor dem Spiegel mit Hilfe der ausgetüfteltsten Schminktricks ihre wahren Absichten hinter einer rechtschaffenen Miene zu verbergen, aber können sie auch diese henkelförmigen Ohren verbergen, wie sie charakteristisch sind für die gefährlichsten Kriminellen? Können sie diesen hervorstehenden Unterkiefer verbergen, der die schlimmsten Verbrecher kennzeichnet? Können sie diesen flachen Hinterkopf verschwinden lassen, der typisch ist für die großen Affen und die verrückten Moralisten? Betrachten Sie also aufmerksam die Männer, die Sie auf der Lichtung des Wäldchens entdecken. Treffen Sie keine überstürzte Entscheidung, die Sie später bereuen könnten. Sie dürfen sich nur sehen lassen, wenn Sie überzeugt sind, daß es tatsächlich Holzfäller sind. Aber nicht einmal dann dürfen Sie ihnen den wahren Grund Ihrer Reise entdecken. Hüten Sie sich besonders vor dieser Unvorsichtigkeit, denn nicht selten mischt das Gute sich mit dem Bösen. Von niemandem läßt sich sagen, er sei durch und durch ehrlich oder durch und durch verachtenswert. Die Menschen sind nicht wie die Tasten eines Klaviers, weiß oder schwarz. Ich sage Ihnen das deshalb, weil, wenn bekannt wird, daß Sie der Überbringer eines wichtigen Briefes für den Herrn Grafen sind, es sein kann, daß einem dieser Holzhauer in der Hoffnung auf Beförderung die Zunge durchgeht. Wenn also einer dieser Männer Sie fragt, wohin Sie gehen, so müssen Sie die Achseln zucken. »Heute ist mein freier Tag«, könnten Sie antworten. »Ich habe das Schloß meines Herrn ohne festes Ziel verlassen. Vielleicht werde ich diesen Weg nach Norden fortsetzen – der Richtung, der ich jetzt folge –, vielleicht werde ich mich am Ende aber auch nach Süden, Osten oder Westen wenden. Wer weiß. Freiheit, meine guten Holzhauer, ist ja gerade, nicht zu wissen, was man tun soll, wenn man alles tun kann.« An diesem Punkt Ihrer Rede machen Sie eine Pause und seufzen tief auf. »So ist es, meine bäuerlichen Freunde«, fügen Sie sodann mit einem Kopfnikken hinzu. »Freiheit ist nicht so sehr ein Recht als eine Pflicht und erfordert stets mühselige Verantwortungen. Ich versichere Ihnen daher, daß ich sehr froh wäre, wenn jemand mir jetzt sagen könnte, was ich tun soll und welchem Weg ich zu folgen habe.« Wahrscheinlich werden die Holzhauer, beschränkt wie sie sind, die Bedeutung Ihrer Worte nicht zu begreifen vermögen. Seien Sie sich dessen aber auch nicht zu sicher, denn mehr als einmal ist es vorgekommen, daß Personen niederen Standes die Ausklügelungen ihrer Herren, wenn auch nicht zu verstehen, so doch deren tiefen Sinn auf mysteriöse Weise zu erfassen vermochten. So manchen gelang es gar, sich für die unsinnigsten Unternehmungen zu begeistern. Wie dem auch sei, wenn Sie sich gezwungen sehen, ihnen eine konkretere Antwort anzubieten, so erfinden Sie irgendeine, die uns nicht gefährdet. Wandeln Sie die Wahrheit listig ab. Geben Sie zu, daß Sie in der Tat mein Schloß verlassen haben, um eine Botschaft zu überbringen, doch sagen Sie ihnen, daß ihr Empfänger nicht Don Demetrio ist, sondern, zum Beispiel, der Graf von W. »Wie«, mag dann der aufgeweckteste der Holzhauer argwöhnen, »liegt denn das Schloß des Grafen von W. nicht westlich von hier?« Verlieren Sie nicht die Fassung oder gar den Brief, Bautista. »So ist es«, erwidern Sie. »Das Schloß des Grafen von W. liegt jetzt zu unserer Linken. Und ein jeder, der mich auf diesem Weg sieht, könnte meinen, ich begäbe mich zum Schloß von Don Demetrio, ein Edelmann, für den mein Herr sich nicht im geringsten interessiert. Ich versichere Ihnen jedoch, daß ich, in Höhe des Friedhofs angekommen – nachdem ich durch das Dorf gegangen bin –, dem Weg der Zypressen folgen werde, der zu meinem eigentlichen Ziel führt.« Nach diesen Ausführungen wäre es, um die Sache abzurunden, zweckmäßig, Sie gäben irgendein Sprichwort oder irgendeine Volksweisheit von sich, die diesen Männern zeigen würde, daß Sie letztlich zur gleichen Gesellschaftsschicht gehören wie sie. Sagen Sie ihnen zum Beispiel, gleichsam als Postskriptum: »Sie wissen ja! Mit Brot und Wein geht der Weg von allein!« Oder: »Sie wissen ja! Auf Schusters Rappen, ja, da geht es, und geht's nicht weiter, dann per pedes!« Damit beziehen Sie sich natürlich auf den großen Umweg, den Sie machen müssen, um zum Schloß des Grafen von W. zu gelangen. Ich lege Ihnen deshalb nahe, Sprichwörter zu Hilfe zu nehmen, weil ich überzeugt bin, Bautista, daß Sie das Vertrauen dieser Leute leichter gewinnen können, wenn Sie eine gewisse plebejische Bildung zur Schau tragen. Das heißt, es kostet Sie geringere Mühe, sie zu überzeugen, daß Sie zum gleichen Stamm gehören, ungeachtet dessen, was diese Männer anfänglich gedacht haben mochten. Sind sie erst einmal davon überzeugt, dann werden sie alles, was Sie ihnen sagen, felsenfest glauben. Sie werden nicht mehr argwöhnisch sein. »Wie sollten wir nicht glauben, was uns dieser Kamerad sagt«, würden sie einem entgegnen, der Ihre Erklärungen in Abrede stellen wollte. »Welches Interesse kann er daran haben, uns zu belügen? Steht nicht auch er unter der Fuchtel eines Großgrundbesitzers?« Gewinnen Sie also das Vertrauen dieser Männer. Ich möchte nicht, daß sie auf eigene Faust Nachforschungen anzustellen beginnen, sobald sie allein sind, und mit dem Faden dann das Knäuel aufwickeln. Ein bißchen Demagogie schadet nicht, wenn man hier auch sagt, daß Demagogie die Heuchelei der Macht sei. Geben Sie also alle Sprichwörter von sich, die Ihnen einfallen, ob sie nun passen oder nicht. »Meine Freunde«, können Sie ihnen sagen, schon im Begriff, den Weg fortzusetzen, »man kann nicht auf zwei Hochzeiten tanzen.« (Da haben Sie schon das erste Sprichwort.) »Ich will damit sagen, daß ich sehr gerne bis zum Anbruch der Nacht bei Ihnen bleiben würde, doch erst die Arbeit, dann das Vergnügen.« (Zweites Sprichwort.) »Es ist Zeit, daß ich meinen Weg zum Schloß des Grafen von W. fortsetze, denn Morgenstunde hat Gold im Munde.« (Drittes Sprichwort.) Wenn Sie diese Sprüche mit natürlicher Ungezwungenheit von sich geben, werden Sie die Holzhauer in vortreffliche Freunde verwandelt haben, bereit, jedem, der sie danach fragt, zu schwören, daß der Graf von W. der einzige und wahre Empfänger meines Briefes ist. Sie werden beiseitetreten und Sie ziehen lassen. Ich sehe sie vor mir, wie sie die Baskenmützen abnehmen und zum Abschied fröhlich in der Luft schwenken. Das wäre ein schönes Ende. Stellen Sie sich jetzt aber vor, diese Holzhauer sind in Wirklichkeit gar keine Holzhauer, sondern vielmehr ruchlose Schurken, die im Sold unserer Feinde stehen. Sie haben auf der Waldlichtung auf Sie gewartet und währenddessen ihre Messer an einem Stein geschärft. Sie kommen auf Sie zu, umzingeln Sie und ziehen die Messer aus dem Gürtel. »Los, los! Geben Sie den Brief her, oder ich schneide Ihnen die Kehle durch!« droht Ihnen der Anführer der Rotte. Er sagt das nicht nur so, er ist bereit, Sie abzumurksen. Natürlich wären Sie nicht sein erstes Opfer, denn diese Männer wurden in der Gewalt geboren, leben in der Gewalt und denken, daß es immer Gründe gibt, Ihresgleichen umzubringen. Fangen Sie nicht schon wieder zu zittern an, Bautista, denken Sie einen Augenblick nach. Was würden Sie in einem solchen Fall tun? Ich sage es Ihnen gleich: Verzichten Sie auf jede Heldentat und übergeben Sie ihnen den Brief. Rechtfertigen Sie sich indes mit einer langen Tirade. »Also gut, meine Herren«, sagen Sie ihnen. »Hier haben Sie den Brief meines Herrn. Ein Brief, von dem ich nicht ein einziges Wort verstehe. Und ich bin nicht bereit, mein Leben für etwas aufs Spiel zu setzen, das ich nicht kenne. Sie müssen nämlich wissen – und Sie können das sofort feststellen –, daß dieser Brief völlig unverständlich ist. Mein Herr war so grausam, ihn mir von A bis Z vorzulesen, bevor er ihn mir übergab, und ich schwöre Ihnen, daß ich ein langes Gesicht gemacht habe. Ihnen – vorausgesetzt, Sie können lesen – wird es genauso ergehen. Und gerade das muß uns, meine ich, am meisten kränken, denn Briefe wie dieser sind immer ein Hohn für unser Analphabetentum und unser Bedürfnis nach klaren Antworten. Urteilen Sie selbst: angesichts unserer konkreten Forderungen, auf die man mit einem einsilbigen Wort antworten kann, erlauben sich diese hohen Herrn mit ihrer kristallenen Seele den Luxus der Abstraktion. Anstatt sich um unseren Speiseschrank zu kümmern, schmelzen sie in Wortspielereien dahin. Da haben Sie also den Brief, und machen Sie damit, was Sie wollen.« Versuchen wir jetzt vorauszusehen, was nach Ihren Ausführungen geschehen kann. Der Anführer der Banditen ist mißtrauisch. Brüsk bemächtigt er sich des Briefes und reißt den Umschlag auf. Er will seinen Männern beweisen, daß er zumindest des Lesens kundig ist. Seine Autorität kann aus der Sache gestärkt hervorgehen. Sobald er jedoch den Blick auf den Text richtet, stößt er auf die fürchterlichen Hieroglyphen. Er hüstelt und wirft seinen Männern einen würdevollen Blick zu. Er unternimmt einen weiteren Anlauf und erleidet ein Fiasko. Er erkennt, daß Sie ihn nicht belogen haben. Er läßt nicht locker und stellt fest, daß ihm sein ganzer guter Wille nichts nützt. Er errötet vor Scham, aber er wagt nicht, seinen Gefolgsleuten zu sagen, daß der Brief nichts als Kauderwelsch ist, denn er fürchtet, sie könnten ihm nicht glauben. Einige Banditen lächeln sich angesichts seiner Verwirrung boshaft zu und sagen sich, daß sie von einem Mann angeführt werden, der genauso unwissend ist wie sie. Die Autorität des Anführers festigt sich nicht etwa, sondern bekommt Risse. Was kann ein Mann in dieser gefährlichen Situation tun, Bautista? Alles mögliche, nur nicht zulassen, daß seine Leute sich über ihn lustig machen. Womöglich richtet er sogar seinen ganzen Zorn gegen Sie – ja, ja, mein armer Freund, gegen Sie! –, bevor er es geschehen läßt, daß seine Männer ihn auslachen. Nicht aus Gründen persönlicher Rache – denn ein Briefträger ist niemals verantwortlich für die Botschaft, die er bei sich trägt –, sondern um das verlorene Prestige wiederzugewinnen. Wäre dies das erste Mal, Bautista, daß ein Mann zum Messer greift, da es ihm an Vernunft gebricht? Ist die Geschichte denn nicht voller Beispiele? Wir müssen also verhindern, daß dies Ihr Schicksal ist. Doch, doch, wir müssen das verhindern, denn Sie verdienen etwas Besseres als durch die Hand von Strauchdieben zu sterben, und das eines Briefes wegen, den Sie noch nicht einmal geschrieben haben! Beugen wir deshalb dieser Gefahr vor. Was halten Sie davon, mein treuer Freund, wenn Sie heute nachmittag mit zwei Briefen aus dem Schloß gingen? Lassen Sie mich das erklären: Einen Brief, den echten – den, der uns interessiert –, tragen Sie an den Solarplexus geklebt –, wie eines dieser ABC-Pflaster, so daß niemand ihn entdecken kann. Den anderen, den falschen – den ich im Handumdrehen abfassen werde, während Sie das Froschpärchen jagen –, tragen Sie in der Hand. Beide Briefe sind auf grünem Papier geschrieben und an Don Demetrio gerichtet. Wenn man Sie gefangen nimmt, übergeben Sie den Banditen natürlich den falschen, denn in diesem Brief kann ich mir den Luxus erlauben, klar zu sein, so daß sie ihn mühelos werden lesen können. Dazu mag ein beliebiges Muster dienen. Zum Beispiel ein höchst trauriges Beileidsschreiben anläßlich des Hinscheidens irgendeines Verwandten des Grafen, den ich das Glück hatte, nicht zu kennen. Oder eine Notiz, in der ich ihm versichere, daß ich ihn trotz allem in meine Gebete einschließe. Vielleicht auch ein Glückwunschschreiben zur Geburt seines Erstgeborenen vor nunmehr vierundzwanzig Jahren. Letztlich kann es etwas x-beliebiges sein, machen wir uns darüber jetzt keine Gedanken. Wichtig ist nur, daß der Anführer dieser Bande von Wegelagerern fähig ist, meine Handschrift zu entziffern. Ist das nicht die beste Lösung, Bautista? Kurz und gut, übergeben Sie dem Schurken den falschen Brief und treten Sie einige Schritte zurück. Mag er mit seiner Klugheit prahlen und mit seinen Männern dann geräuschvoll den Erfolg der Mission feiern, hinter der sich irgendeine hochgestellte Persönlichkeit verbirgt, deren Identität wir höchstwahrscheinlich niemals in Erfahrung bringen werden. Während die Banditen sich den tollsten Exzessen hingeben, ziehen Sie sich, mit tief betrübtem Gesicht – so als hätten Sie ihnen tatsächlich den richtigen Brief übergeben – Schritt für Schritt weiter zurück, jedoch ohne ihnen schon den Rücken zuzuwenden. Erst wenn Sie sich weit genug entfernt haben, drehen Sie sich um und beginnen zu laufen, als sei Ihnen der Teufel auf den Fersen. Verlassen Sie den Wald, und wenn Sie bei der Mühle ankommen, nehmen Sie den Weg ins Dorf. Denken Sie jetzt an das, was ich Ihnen am Anfang sagte: Folgen Sie der Hauptstraße, biegen Sie in die erste Querstraße rechter Hand ein, und gehen Sie bis zum steinernen Kreuz. Das Schloß von Don Demetrio liegt genau gegenüber. Beschleunigen Sie den Schritt, um die Zeit aufzuholen, die Sie durch die Schuld der Wegelagerer verloren haben. Achten Sie nun genau auf das, was ich Ihnen sagen werde, denn es ist von allem, was ich Ihnen bisher gesagt habe, das Wichtigste. Wenn das Schloß von Don Demetrio nicht mehr existiert, wenn es vor zwanzig Jahren abgerissen wurde, um einem Block Sozialwohnungen Platz zu machen, oder wenn man es in ein Touristenhotel verwandelt hat, wenn man seine Ländereien enteignet hat, um eine Autobahn zu bauen, dann brauchen Sie nicht mehr zurückzukehren, um mich davon zu benachrichtigen. Dann werde ich wissen, daß ich endgültig allein bin und meiner Traurigkeit nicht abzuhelfen ist. Ich werde hier bei meinen Insekten bleiben, jenen winzigkleinen Geschöpfen, in denen das Leben pocht und die auf halbem Wege zwischen dem Mineral und der Seele stehengeblieben sind. Vielleicht ist das mein Schicksal. Vielleicht, mein lieber, selbstloser Bautista, ist der Moment für mich gekommen, wo ich mir endlich eingestehen muß: *Les jeux sont faits*, wie man in Biarritz sagte.

Botho Strauß im dtv

»... ein Erzähler, der für Empfindungen der Liebe Bilder von einer Eindringlichkeit findet, wie sie in der zeitgenössischen Literatur ungewöhnlich sind.«
Rolf Michaelis

Marlenes Schwester
Zwei Erzählungen
dtv 6314

Die Widmung
Eine Erzählung
dtv 10248

Paare, Passanten
dtv 10250

Kalldewey
Farce · dtv 10346

Der Park
Schauspiel · dtv 10396

Trilogie des Wiedersehens
Groß und klein
dtv 10469

Rumor
Roman · dtv 10488

Die Hypochonder
Bekannte Gesichter, gemischte Gefühle
dtv 10549

Der junge Mann
Roman · dtv 10774

Die Fremdenführerin
Stück in zwei Akten
dtv 10943

Niemand anderes
dtv 11236

Besucher
Komödie
dtv 11307

Kongreß
Die Kette der Demütigungen
dtv 11634

Die Zeit und das Zimmer
Sieben Türen/Bagatellen
Theaterstücke
dtv 12119

Wohnen Dämmern Lügen
dtv 12274

Schlußchor
Drei Akte
dtv 12279

Beginnlosigkeit
Reflexionen über Fleck und Linie
dtv 12358

Diese Erinnerung an einen, der nur einen Tag zu Gast war
Gedicht
dtv 19007

Italo Calvino im dtv

»Calvino ist als Philosoph unter die Erzähler gegangen, nur erzählt er nicht philosophisch, er philosophiert erzählerisch, fast unmerklich.«
W. Martin Lüdke

Das Schloß, darin sich Schicksale kreuzen
Erzählung
dtv 10284

Die unsichtbaren Städte
Roman · dtv 10413

Wenn ein Reisender in einer Winternacht
Roman
dtv 10516 und
dtv großdruck 25031

Der Baron auf den Bäumen
Roman · dtv 10578

Der geteilte Visconte
Roman · dtv 10664

Der Ritter, den es nicht gab
Roman · dtv 10742

Herr Palomar
dtv 10877

Abenteuer eines Reisenden
Erzählungen
dtv 10961

Zuletzt kommt der Rabe
Erzählungen
dtv 11143

Unter der Jaguar-Sonne
Erzählungen
dtv 11325

Das Gedächtnis der Welten
Cosmicomics
dtv 11475

Auf den Spuren der Galaxien
Cosmicomics
dtv 11574

Wo Spinnen ihre Nester bauen
Roman
dtv 11896

Die Mülltonne und andere Geschichten
dtv 12344

Sechs Vorschläge für das nächste Jahrtausend
Harvard-Vorlesungen
dtv 19036

Julien Green im dtv

»Julien Green zählt zu den großen klassischen Erzählern unseres Jahrhunderts.«
Hamburger Abendblatt

Junge Jahre
Autobiographie
dtv 10940

Paris
dtv 10997
Mit den Augen des Dichters: kein Reiseführer.

Jugend
Autobiographie
1919–1930
dtv 11068

Leviathan
Roman · dtv 11131
Guéret, Hauslehrer in der Provinz, entflammt in Leidenschaft zu der hübschen Angèle.

Meine Städte
Ein Reisetagebuch
1920–1984
dtv 11209

Der andere Schlaf
Roman · dtv 11217

Träume und Schwindelgefühle
Erzählungen
dtv 11563

Die Sterne des Südens
Roman
dtv 11723
Liebesroman und Kriegsepos im Sezessionskrieg der amerikanischen Südstaaten.

Treibgut
Roman · dtv 11799

Moira
Roman · dtv 11884
Eine Studentenwette: Die unwiderstehliche Moira soll den frommen Provinzler Joseph Day verführen. Ein frivoles und zugleich ein gefährliches Spiel…

Jeder Mensch in seiner Nacht
Roman
dtv 12045

Der Geisterseher
Roman
dtv 12137

Englische Suite
Literarische Porträts
dtv 19016

Gabriel García Márquez im dtv

»Gabriel García Márquez zu lesen, bedeutet Liebe auf den ersten Satz.«
Carlos Widmann in der ›Süddeutschen Zeitung‹

Laubsturm
Roman
dtv 1432

Der Herbst des Patriarchen
Roman
dtv 1537

Der Oberst hat niemand, der ihm schreibt
Roman
dtv 1601

Die böse Stunde
Roman
dtv 1717

Augen eines blauen Hundes
Erzählungen
dtv 10154

Hundert Jahre Einsamkeit
Roman · dtv 10249
Die Geschichte vom Aufstieg und Niedergang der Familie Buendía und des Dorfes Macondo.

Die Geiselnahme
dtv 10295

Chronik eines angekündigten Todes
Roman · dtv 10564

Das Leichenbegängnis der Großen Mama
Erzählungen
dtv 10880

Die unglaubliche und traurige Geschichte von der einfältigen Eréndira und ihrer herzlosen Großmutter
Erzählungen · dtv 10881

Das Abenteuer des Miguel Littín
Illegal in Chile
dtv 12110

Die Liebe in den Zeiten der Cholera
Roman
dtv 12240

Die Erzählungen
dtv 12166

Von der Liebe und anderen Dämonen
Roman
dtv 12272